T0054736

CUENTOS DE HADAS

ALMA CLÁSICOS ILUSTRADOS

CUENTOS
DE
HADAS

CHARLES PERRAULT

Ilustraciones de
Marta Ponce

Edición revisada y actualizada

Edición autorizada por Editorial Omega/Iberia basada en *Cuentos de hadas*.

© de esta edición:
Editorial Alma
Anders Producciones S.L., 2019
www.editorialalma.com

 @almaeditorial

© Traducción: María Teresa Vernet

© Ilustraciones: Marta Ponce

Diseño de la colección: lookatcia.com
Diseño de cubierta: lookatcia.com
Maquetación y revisión: LocTeam, S.L.

ISBN: 978-84-17430-59-7
Depósito legal: B9875-2019

Impreso en España
Printed in Spain

Este libro contiene papel de color natural de alta calidad que no amarillea (deterioro por oxidación) con el paso del tiempo y proviene de bosques gestionados de manera sostenible.

Todos los derechos reservados. No se permite la reproducción total o parcial del libro, ni su incorporación a un sistema informático, ni su trasmisión en cualquier forma o por cualquier medio, sea este electrónico, mecánico, por fotocopia, por grabación u otros métodos, sin el permiso previo por escrito de la editorial.

ÍNDICE

NOTA DEL EDITOR

En un viejo chiste, el Lobo Feroz le pregunta a Caperucita Roja adónde va, pero ésta se sale del guion y le responde una procacidad. «¡Hay que ver cómo ha cambiado el cuento!», se dice el Lobo Feroz, desconcertado. La intención del inventor del chiste era subvertir un cuento infantil con un guiño chabacano que lo convertía en una historia para adultos. Pues bien, tal vez sin saberlo, su ocurrencia es más fiel al cuento original de Charles Perrault que las versiones expurgadas que nos leían nuestros padres o, por supuesto, las películas de dibujos animados que todos hemos visto. Por eso le rogamos al lector que arrincone sus ideas preconcebidas, pues de lo contrario corre el riesgo de sentirse engañado.

A diferencia de las recopilaciones de relatos de los hermanos Grimm, que sistematizan la tradición oral alemana para construir un monumental corpus canónico (doscientas historias, nada menos) al servicio de una concepción romántica anclada en el pasado idealizado que une al pueblo alemán, Perrault nos ofrece una obra de dimensiones más modestas (apenas once cuentos), que refleja la vida cortesana que tan bien conocía el autor (fue el funcionario de más alto rango de la corte de Luis XIV hasta que cayó en desgracia), así como sus valores principales: la Modernidad y los valores morales. Perrault, en calidad de miembro de la Academia Francesa, tomó partido en la llamada «querella de los antiguos y los modernos» que enfrentaba a los partidarios de rescatar las tradiciones históricas (entre ellos, el fabulista Jean de La Fontaine) y los que preferían centrarse en el glorioso presente de la Francia del Rey Sol.

Éste es el contexto en el que aparecen los dos libros que componen esta obra: los *Cuentos poéticos* (1691-1694) y las *Historias o cuentos de antaño* (1697), que se recogieron en un volumen bajo el título genérico de *Cuentos de hadas* porque en todos intervienen, de un modo u otro, las hadas o sus congéneres. En los primeros, escritos originalmente en verso, Perrault elimina el componente folclórico y los adapta al gusto de la Corte, ante la cual lee algunos de ellos. Esto explica la crudeza de «Piel de Asno», en el que se aborda directamente el incesto, o «Griselda», cuyos valores machistas son indisimulables. Son cuentos pensados para amenizar las veladas de Palacio, aprovechando que no había niños presentes.

En cuanto a los segundos, escritos en prosa, Perrault parte de una tradición previa (tanto la tradición oral francesa como el *Pentamerón* del italiano Giambatista Basile) e introduce moralejas que ayuden a extraer una lectura moral edificante. Perrault publicó las *Historias o cuentos de antaño* con el nombre de uno de sus hijos, el entonces adolescente Pierre Darmancoun, un hecho que divide a los estudiosos: unos creen ver al cortesano que desea preservar el anonimato, mientras que otros especulan con la posibilidad de que le «tomara prestado» el cuaderno en que Pierre anotaba los cuentos que le contaba su aya. La lectura moral es evidente: las niñas se tienen que portar bien si no quieren que las devore el depredador sexual, las princesas tienen que aguantar todo tipo de humillaciones si quieren encontrar a su príncipe azul, las esposas demasiado curiosas acaban en el sótano en el que el maltratador las asesina. Pero, si leemos entre líneas, el camino hacia la conducta moral deseable está lleno de comportamientos secundarios claramente escandalosos para nuestros parámetros actuales: el Gato con Botas extorsiona a los campesinos con tal de alcanzar sus fines, Pulgarcito sacrifica a las hijas del ogro y la madre de Caperucita Roja la manda en una misión suicida aun a sabiendas de que el Lobo Feroz ronda por el bosque. Con todo, el hecho más perturbador de esta recopilación se encuentra en «Cenicienta». Aunque la versión de Perrault está más dulcificada que la de los hermanos Grimm (en la que las hermanastras se cortaban los pies para que les encajara el zapato de cristal), sorprende el silencio cómplice y necesario del padre de Cenicienta, que presencia indiferente el acoso psicológico continuado al que la someten la madrastra y las hermanastras.

Aunque estos cuentos son más comedidos que los de los hermanos Grimm, Hans Christian Andersen o, por supuesto, reelaboraciones contemporáneas como las de Angela Carter, siguen resultando excesivos para el lector contemporáneo que los aborde convencido de que «sólo son cuentos para niños». Lo son, por supuesto, y siguen funcionando como tales más de cuatro siglos después de su publicación, pero también son un testimonio valioso de su época, así como el reflejo de los gustos y mecanismos perversos de una Corte amoral pero deseosa de moralizar. Porque, volviendo al chiste con el que empezábamos esta «Nota del editor», a lo mejor el problema no es cómo ha cambiado el cuento, sino cómo necesitábamos cambiar nuestra percepción de éste. Y, para ello, nada mejor que leer los cuentos de Charles Perrault tal como se redactaron. Tal vez no sea lo que esperábamos, pero sin duda nos llevaremos una grata sorpresa.

EL EDITOR

CUENTOS POÉTICOS

PREFACIO DEL AUTOR
A LA PRIMERA EDICIÓN

La acogida que el público dispensó a las obras de esta colección a medida que se le ofrecieron por separado nos da la seguridad de su favor al ofrecérselas reunidas en un solo volumen recopilatorio. Es cierto que algunas personas que pretenden aparentar seriedad, aunque dotadas del talento suficiente para comprender que se trata de cuentos escritos por diversión y triviales de por sí, las contemplaron con desprecio. Sin embargo, tuvimos la satisfacción de comprobar que las personas de buen gusto las juzgaron de manera distinta.

A éstas, por el contrario, les complació comprobar que tales bagatelas no eran simples fruslerías, sino que, por el contrario, entrañaban una moral útil, y que la amena narración que les servía de envoltorio se escogió tan sólo para hacerlas penetrar en el ánimo del lector de modo más agradable, y de forma que resultasen a la vez instructivas y amenas. Debería bastarme con ello para que nadie me reproche el haberme entretenido en frivolidades, pero, como trato con hombres que no atienden a razones y a quienes sólo les convencen la autoridad y el ejemplo de los antiguos, satisfaré su curiosidad a este respecto.

Las fábulas milesias, tan famosas entre los griegos, y que fueron la delicia de Atenas y de Roma, no eran de otra índole que las fábulas de esta colección. La historia de «La matrona de Éfeso» es de idéntica naturaleza que la de «Griselda». Ambas son narraciones, es decir, relatos de cosas que pueden haber sucedido y en las que nada se opone a la verosimilitud. La fábula de «Eros y Psique», escrita por Luciano y Apuleyo, es una ficción pura, un cuento de viejas, como lo es «Piel de Asno». Así, vemos que Apuleyo hace que una vieja se lo narre a una muchacha a quien raptan unos ladrones, de igual manera que las ayas o las abuelas les cuentan todos los días «Piel de Asno» a los niños.

Hablemos ahora de la fábula del labrador. Como es sabido, Júpiter le concedió a éste el don de gobernar a su antojo la lluvia y el buen tiempo, pero manejó este don de tal forma que no cosechó fruto alguno, tan sólo paja, porque no pidió nunca ni viento, ni frío, ni ninguno de esos tiempos tan necesarios para que las plantas fructifiquen. Esta fábula del labrador es del mismo género que el cuento de «Los deseos ridículos». La única diferencia estriba en que aquélla era seria y éste es cómico, pero ambos coinciden en enseñarnos que los hombres ignoran lo que les conviene, y es preferible que los gobierne la Providencia antes de que las cosas les sucedan a medida de sus deseos.

No creo que, con los antecedentes de unos modelos tan hermosos procedentes de la más sensata y docta antigüedad, se atreva nadie a censurarme. Pretendo incluso que mis fábulas son más dignas de narrarse que la mayoría de aquellos cuentos; en particular, el de «La matrona de Éfeso» y el de «Eros y Psique», considerados bajo el punto de vista de la moral, el aspecto más relevante de toda clase de fábulas, y que debió de ser el objetivo que indujo a escribirlas. Toda la moral que se puede deducir de «La matrona de Éfeso» es que, a menudo, las mujeres que parecen más virtuosas no lo son tanto, y que apenas hay una que lo sea de verdad.

¿Quién no comprende que esta moral no es sana y que sólo se propone corromper a las mujeres con el mal ejemplo, haciéndoles creer que al faltar a sus deberes no hacen más que seguir el derrotero común? No ocurre ello con la moral de «Griselda», que tiende a que las mujeres soporten las impertinencias de sus maridos y a demostrar que no existe ninguno tan grosero o tan raro que no pueda ser dominado por la paciencia de una mujer honrada y amable.

En cuanto a la moral oculta en «Eros y Psique», una fábula que es muy amena e ingeniosa, la compararé con la moral de «Piel de Asno», cuando la haya desentrañado, cosa que a fecha de hoy no he conseguido hacer. Sé muy bien que *Psique* significa «alma», pero no comprendo lo que hay que entender por el Amor que está enamorado de Psique, es decir, del alma, y todavía menos lo que allí se añade, que Psique debía ser feliz mientras no conociera al que la amaba, o sea al Amor, pero sería sumamente desgraciada desde el instante en que lo conociera. He ahí, a mi entender, un enigma indescifrable. Todo lo que puede decirse es que esta fábula, al igual que la mayoría de las que nos quedan de los antiguos, se compuso tan sólo para proporcionarle placer del lector sin respeto a las buenas costumbres, que los antiguos no tenían en excesiva consideración.

Esto no sucede con los cuentos que nuestros antepasados inventaron para sus hijos. Ellos no los contaron con la elegancia y la amenidad que los griegos y los romanos les prestaron a sus fábulas, pero se cuidaron siempre de que sus cuentos entrañasen una moral loable e instructiva. En todos ellos se recompensa la virtud y se castiga el vicio. Todos tienden a demostrar cuán ventajoso resulta ser honrado, paciente, avisado, trabajador y obediente, y las desgracias que amenazan a quienes se olvidan de tales virtudes.

Se trata a veces de hadas que le conceden a la niña que las atendió amablemente el don de que, por cada palabra que pronuncie, sus labios suelten un diamante o una perla; y a otra niña que les contestó con grosería, el de que a cada palabra le salgan de la boca una rana o un sapo. O bien se trata de niños que, por ser obedientes al padre y a la madre, se convierten en grandes señores, o bien de otros a los que, por ser viciosos o desobedientes, se los castiga con terribles desgracias.

Por más frívolas o extrañas que sean las aventuras narradas en estas fábulas, lo cierto es que excitan en los niños el afán de parecerse a los que ven dichosos y, al mismo tiempo, el miedo a las desgracias en que los malos se precipitan. ¿No es, pues, loable que, cuando los hijos no están aún en condiciones de entender las verdades puras y simples sin ningún adorno, los padres y madres procuren que las amen, y, por así decirlo, se las hagan tragar envueltas bajo la apariencia de narraciones amenas, propias de su tierna edad? Resulta casi increíble la avidez con que estas almas inocentes, cuya natural pureza no ha corrompido aún el mundo, reciben estas instrucciones ocultas. Se los ve tristes y abatidos mientras el héroe y la heroína del cuento luchan contra la desgracia, para gritar con júbilo cuando llega la hora de su felicidad. Asimismo, después de soportar impacientes la prosperidad del villano o de la malvada, quedan satisfechos al verlos castigados finalmente como merecen. Tales instrucciones son como semillas, que en un primer momento sólo producen sentimientos de alegría o tristeza, pero que en su día no dejan de dar su fruto de buenas inclinaciones.

Estos cuentos me habrían quedado más agradables de haberles mezclado sucesos un poco libres con los que se los suele amenizar, pero nunca me ha tentado el deseo de agradar, hasta el punto de hacerme quebrantar la norma que me he impuesto a mí mismo de no escribir nada que pueda ofender al pudor o a la decencia. He aquí un madrigal que una joven doncella* de gran talento ha compuesto sobre este punto, y ha escrito al pie del cuento de «Piel de Asno» que yo le había enviado:

> Al amor de la lumbre, con mi ama
>   —¡qué alegrías tan puras!—
> soñaba yo escuchando «Piel de Asno»;
> de vuestro ingenuo cuento la lectura
>   no menos grata ha sido.
> Sátira leve, que sin hiel acusa,
> a nuestros labios trae la sonrisa
> y complaciendo a todos, ya se esfuma:
>   y lo que más me atrae
> es que divierte con sutil dulzura,
> sin que madre, marido o señor cura
> le encuentren nada digno de censura.

---

* Mademoiselle Lhéritier.

GRISELDA

A LA SEÑORITA***

Joven doncella, bella cual sensata,
al ofreceros como don sencillo
este modelo de mujer paciente,
de corazón tan puro y tan sumiso,
jamás pensé que en todo la imitarais:
ello fuera, en verdad, harto excesivo.

Mas en París, ciudad de caballeros corteses y pulidos,
villa en que reina la mujer hermosa,
paraíso del sexo femenino,
en París, digo, de tal modo abundan los ejemplos del vicio
contrario a la virtud de la paciencia
que no estará de más ir bien provistos de tal contraveneno
que nos cure y preserve en el peligro.

En todas partes, dama tan paciente
cual Griselda, que ensalzo en este libro, fuera causa de asombro,
mas en París sería ya un prodigio.

En París la mujer es soberana e impone su capricho:
¡villa sin par, dichosa!
Sólo hay reinas en ese paraíso.
Comprendo, pues, que no será Griselda
muy preciada en el mundo parisiense,
y antes bien sus lecciones anticuadas harán reír, de fijo.

Pues, aunque el bello don de la paciencia
sea de aquellas damas muy querido,
es porque consiguieron con el tiempo
hacerlo profesar a sus maridos.

Al pie de las célebres montañas donde el Po surge entre cañaverales y pasea sus nacientes aguas por las campiñas vecinas, vivía un príncipe joven y valiente, que era la delicia de sus súbditos. El cielo, al formarlo, lo había adornado con las cualidades más raras, aquéllas que siempre suele distribuir por partes a sus elegidos y que, en conjunto, concede sólo a los grandes reyes.

Colmado con todos los dones del cuerpo y del alma, fue robusto, diestro, apto para las artes de la guerra, y, por el secreto instinto de una llama divina, amó con ardor las bellas artes. Amó los combates, la victoria, los grandes proyectos y las valerosas acciones, todo lo que realza un nombre preclaro en la historia; pero su corazón tierno y generoso fue más sensible todavía a la sólida gloria de labrar la felicidad de su pueblo.

Sin embargo, este temperamento heroico se vio oscurecido por sombrías imaginaciones que, tristes y melancólicas, le hacían considerar en el fondo de su corazón que todo el sexo femenino era engañoso e infiel. En cualquier mujer distinguida por méritos de todo tipo veía el príncipe un enemigo cruel que aspiraba de manera incesante a imperar de manera despótica sobre el desdichado mortal que se le rindiese.

El contacto con la sociedad, donde se ven tantos maridos avasallados o traicionados, unido a la predisposición del país a la pasión de los celos, sólo sirvió para afirmar en su corazón el hondo desprecio que les profesaba a las mujeres. Así pues, el príncipe juró una y otra vez que, aun cuando el cielo, en su benevolencia paternal, forjase para él otra Lucrecia, jamás se sometería a las leyes del matrimonio.

Por tanto, consagraba las mañanas a los negocios públicos: regulaba con prudencia todo lo relativo al éxito de un buen gobierno. Velaba por los derechos del desvalido huérfano y de la viuda oprimida o anulaba algún antiguo impuesto establecido con ocasión de una guerra forzosa. Dedicaba la otra mitad del día a la caza, disciplina en la que los jabalíes y los osos, con sus colmillos y su furor, le infundían menos temor que el bello sexo, al cual procuraba evitar de manera constante.

Sin embargo, sus súbditos, acuciados por el interés de asegurar un sucesor al trono que los gobernase el día de mañana con parecida benevolencia, lo incitaban sin cesar a que contrajera matrimonio, para que así les diera otro príncipe.

Cierto día llegaron a palacio todos en comitiva, a fin de intentar un último esfuerzo. Un orador de noble aspecto, el mejor de la época, habló en nombre de todos diciendo lo que cabe decir en estos casos, y subrayó el vehemente anhelo del pueblo por ver salir del príncipe una progenie dichosa, que asegurase la prosperidad eterna en su territorio. Antes de terminar su perorata, el orate declaró que le parecía ver un astro, salido del casto matrimonio y destinado a eclipsar la Media Luna.[1]

En tono más sencillo y con voz menos fuerte, el príncipe contestó a sus súbditos en los siguientes términos:

—El celo ardiente con que me incitáis a contraer matrimonio me place, en verdad, y constituye para mí una grata prueba de vuestro amor. Ello me conmueve profundamente y quisiera ser capaz de satisfaceros de inmediato; pero, tal como yo lo veo, el matrimonio es un negocio ante el cual cuanto más prudente y sensato sea el hombre, tanto más vacilará y dudará. Observad con atención a las doncellas: mientras viven en el seno de sus familias, sólo veréis virtud, bondad, sinceridad y pudor; pero una vez conseguido el matrimonio y cuando ven su destino asegurado, dejan al punto de fingir y ya no les importa ser prudentes; dejan de representar su papel y, cada cual en su hogar, orientan su vida según sus gustos y preferencias.

»Una, de humor tristón y a quien no le divierte nada, se da con exageración a la beatería y se pasa las horas chillando y peleándose con todo el mundo; otra se convierte en coqueta, parlanchina y chismosa, y necesita estar siempre rodeada de adoradores; ésta, loca por las bellas artes, se atreve a juzgar acerca de todo de la manera más altiva, y, criticando a los autores más hábiles, sienta cátedra como una auténtica sabihonda; aquélla se deja dominar por el juego, y lo pierde todo: anillos, dinero, joyas, muebles de precio e incluso sus mismos trajes.

---

1   El Imperio otomano.

»Dentro de la variedad infinita de sus aficiones, sólo veo una que genera consenso entre ellas: cómo tratan de imponernos sus normas. Por mi parte, estoy convencido de que jamás habrá matrimonios bien avenidos si ambos cónyuges pretenden gobernar. Por tanto, si queréis que me atreva a contraer matrimonio, buscad una joven bella, sin orgullo ni vanidad, que obedezca a la perfección, tenga una paciencia probada y carezca de voluntad propia. Si la encontráis, tened por seguro que le pediré que sea mi esposa.

Una vez terminado el discurso, el príncipe montó a caballo y cabalgó a todo galope a reunirse con su jauría, que lo esperaba en la llanura.

Después de atravesar prados, campos y barbechos, se encontró a sus cazadores tumbados sobre el verde césped. Se levantaron todos a una y, alertas, hicieron temblar con sus cuernos de caza a los habitantes del bosque. Los perros, ladrando, corrían de acá para allá. La traílla brillante repiqueteaba por entre los trigales, y los sabuesos de ardientes ojos, que regresaban a sus puestos de caza, arrastraban a los fuertes mozos que apenas conseguían retenerlos.

El príncipe le preguntó a uno de los mozos si todo estaba dispuesto y si se había encontrado el rastro. El mozo contestó en sentido afirmativo y el príncipe ordenó acto seguido que empezase la cacería y soltaran a los perros. El resonar de los cuernos, el relinchar de los caballos y los estridentes ladridos de los perros llenaron el bosque de tumulto y agitación. Mientras el eco repetía el ruido una y otra vez, ellos penetraron con la jauría hasta lo más profundo del bosque.

El príncipe, llevado, o bien por la suerte, o bien por su destino, tomó un sendero apartado. Ninguno de los cazadores lo siguió. Cuanto más corría, más se alejaba de sus compañeros. Cabalgó hasta que estuvo tan lejos que no oía ni el ladrido de los perros ni el sonar de cuernos de caza.

Librado al azar, llegó el príncipe hasta un lugar ameno. Corrían allí claros arroyos y el bosque era tan espeso que los ánimos se sentían embargados por un terror secreto. No obstante, la sencilla naturaleza se revelaba allí tan hermosa y tan pura que el príncipe se alegró una y mil veces de haberse extraviado.

Transportado por los dulces ensueños que inspiran los grandes bosques, las aguas y las praderas, se sintió de pronto herido en la vista y en el corazón por el objeto más agraciado, más dulce y más amable que jamás habitó bajo la bóveda celeste. Ante él tenía a una joven pastora, que estaba hilando a orillas de un arroyo y, sin perder de vista a su rebaño, manejaba el huso con mano prudente y cuidadosa.

Era una visión capaz de cautivar a los más duros corazones. La tez de la doncella poseía la blancura de las azucenas, y su frescor natural se había conservado en toda su pureza a la sombra de los árboles. Su boca tenía todo el atractivo de la infancia, y sus ojos, sombreados por unos morenos párpados, eran más azules que el firmamento y brillaban también con más luz.

Arrebatado de entusiasmo, el príncipe se deslizó por entre las matas para contemplar aquella hermosura que conmovía su alma. Al ruido de sus pasos, la hermosa joven dirigió hacia él la mirada. Descubrió al príncipe, que la estaba mirando. Un rubor súbito encendió sus mejillas, y, realzando la belleza y esplendor de su tez, entronizó al pudor en su rostro.

Bajo el inocente velo de aquella adorable vergüenza, el príncipe descubrió una simplicidad, una dulzura sincera que nunca había creído posible en el bello sexo y que podía allí contemplar en todo su esplendor.

Embargado por un temor que le era del todo desconocido, se le acercó turbado y, más tímido que la propia muchacha, le dijo con voz temblorosa que había perdido el rastro de sus monteros. Luego le preguntó si la cacería había pasado por allí.

—Señor, nada ha turbado estas soledades —respondió la zagala—. Nadie sino vos ha llegado hasta aquí, pero no temáis, os conduciré de nuevo hasta un camino conocido.

—No agradeceré bastante a los dioses —declaró el príncipe— la enorme suerte que me ha traído hasta aquí. Suelo frecuentar estos parajes desde hace tiempo, pero hasta el día de hoy no había visto lo más precioso que encerraban.

La zagala vio entonces que el príncipe descendía hacia la húmeda orilla del arroyo para calmar en sus aguas la ardiente sed que lo devoraba.

—Señor —le dijo ella—, esperad un momento.

Y corriendo ligera hacia su cabaña, tomó un vaso y regresó corriendo a toda prisa para entregárselo con gozosa amabilidad a su aún inexperto amador.

Los preciosos vasos de ágata y cristal, ricamente adornados de oro y labrados por un arte sutil, jamás en su inútil esplendor ofrecieron a los ojos del príncipe la belleza del vaso de arcilla que la zagala le había presentado.

Luego atravesaron justos bosques, escarpadas rocas y fragosos torrentes en busca del camino más corto para llevar al príncipe a la ciudad.

Cada vez que el príncipe entraba en un camino, observaba los alrededores con cuidado. Su ingenioso amor, que ya pensaba en el retorno, trazó un mapa fidedigno de las rutas.

La zagala lo condujo por fin a una fresca y sombría espesura. Allá, por entre las espesas ramas, el príncipe vio brillar a lo lejos y en mitad de la llanura el dorado techo de su rico palacio.

Con gran dolor, el príncipe se separó de su hermosa amada y se alejó, paso a paso, sintiendo el corazón herido por el dardo cruel. El recuerdo de tan tierna aventura lo acompañó dulcemente hasta el hogar. Al día siguiente sintió el príncipe la herida con más crueldad y una profunda tristeza le embargó el ánimo.

Regresó a la partida de caza en cuanto pudo. A la menor oportunidad se alejó de su séquito para extraviarse, feliz. Las elevadas copas de los árboles, los montes que observaba con cuidado y los secretos avisos de su fiel amor lo guiaron de tal modo que, a pesar de lo intrincado de la ruta, encontró la morada de la joven pastora.

Una vez allí, se enteró de que vivía sola con su padre y se llamaba Griselda. Ambos vivían en paz, alimentándose con la leche de sus ovejas. No necesitaban ir a la ciudad, pues ellos mismos se tejían los vestidos con el vellón que hilaba ella.

Cuanto más la contemplaba, más se inflamaba con la intensa belleza de su alma. Al descubrir en ella tan abundantes y preciosos dones, comprendió que si ella le parecía tan hermosa era porque una ligera chispa del espíritu que la animaba había incendiado sus ojos.

El príncipe experimentó un gozo intenso por haber encontrado un objeto tan digno de sus primeros amores. Incapaz de esperar más, ese mismo día reunió a su Consejo y le dirigió este discurso:

—Por fin, acomodándome a vuestros deseos, me someteré a la ley del matrimonio. No elijo a mi esposa en país extranjero: la tomo de entre vosotros, bella, prudente, bien nacida, tal como mis antepasados lo hicieron más de una vez; pero hasta el día solemne de la boda no os informaré de cuál ha sido mi elección.

La noticia se difundió rápidamente. Es imposible describir cómo se desbordó por doquier el entusiasmo generalizado. El más entusiasmado de todos fue el orador, el convencido de ser el único autor de tan enorme beneficio, gracias a su elocuente discurso. El orador no cabía en sí de contento.

—Nada se resiste a la alta elocuencia— decía para sus adentros.

Resultó divertido ver los inútiles esfuerzos de todas las bellezas de la ciudad para atraer y merecer la elección de su señor el príncipe, a quien conquistaba tan sólo un porte modesto y casto, como había manifestado tantas veces.

Todas cambiaron de trajes y ademanes. Tosieron con aire devoto, aplacaron el tono de voz, se bajaron los tocados medio palmo, se cubrieron el pecho, se alargaron las mangas y apenas se les veían las puntas de los dedos.

Mientras tanto, la villa entera se afanaba en preparar la boda. Se construían carrozas magníficas de formas nuevas, tan hermosas y bien ideadas que el brillo del oro que las cubría por completo era el menor de sus atractivos.

Erigieron amplios tablados para contemplar a gusto y sin estorbos toda la pompa del espectáculo. Más allá se alzaban grandes arcos del triunfo que celebraban la gloria del príncipe guerrero y la brillante victoria con que lo derrotó el Amor.

En otro lugar preparaban los fuegos que, con el retumbar de truenos inofensivos, atemorizaban la tierra a la par que embellecían los cielos con mil nuevos astros.

Más allá se concertaba con cuidado la agradable locura de una danza ingeniosa, y también se oían los melodiosos ensayos de la ópera más bella que había salido de Italia, poblada con mil dioses.

Y por fin llegó el día de las famosas bodas.

En cuanto la aurora confundió el oro con el azul sobre el fondo de un cielo puro y brillante, el bello sexo despertó sobresaltado por doquier. El pueblo, curioso, se desparramó por plazas y callejas. Había guardias apostados en varios puntos para contener a la multitud y obligarla a dejar paso. En el palacio resonaban clarines, flautas, oboes y dulzainas, y en sus alrededores vibraba la algarabía de tambores y trompetas.

El príncipe salió por fin rodeado por la corte. El pueblo lo saludaba con unos gritos jubilosos que dieron paso al asombro al verlo doblar la primera esquina y emprender el camino del bosque, como acostumbraba hacer a diario.

—Vaya —decían—, he aquí que su afición lo domina y, a pesar del amor, la caza es todavía la más fuerte de sus pasiones.

El príncipe atravesó veloz los campos y praderas. Una vez en el monte, penetró en los bosques, ante la sorpresa de su séquito.

Después de pasar por varias encrucijadas que su corazón enamorado reconoció con placer, halló por fin la silvestre morada que guardaba sus tiernos amores.

Griselda, enterada de las bodas por la voz de la fama, llevaba puestas sus mejores galas. Dispuesta a contemplar el magnífico espectáculo, salía en aquel preciso instante de su rústica choza.

—¿Adónde vais tan pronto y ligera? —le preguntó el príncipe, quien se acercó mientras la miraba con ternura—. No os apresuréis, amable pastora, pues las bodas a las que vais a asistir, y en las cuales represento yo el papel de esposo, no podrían celebrarse sin vos.

»Sí, os amo, y os he elegido entre mil hermosas doncellas, para pasar con vos el resto de mi vida, siempre y cuando mis deseos no se vean desairados.

—¡Ah! —contestó ella—. ¡Señor! No puedo creer que esté destinada a tan elevado puesto. Queréis divertiros a mi costa.

—No, no —repuso el príncipe—. No os miento, y vuestro padre está de mi parte. —Había tomado la precaución de comunicarle sus propósitos—. Hermosa pastora, dignaos darme vuestro consentimiento, es lo único que me falta. Pero, a fin de que la paz reine para siempre en nuestro hogar, deberíais jurarme que no tendréis nunca otra voluntad que la mía.

—Lo juro —respondió ella— y os lo prometo. Si, casada con el varón más humilde de la aldea, obedecería y acataría gustosa su yugo, ¡cuánto más lo haré cuando en vos hallo a la par a mi señor y a mi esposo!

Así se le declaró el príncipe, quien mientras la corte aplaudía su elección, llevó a la pastora a que la adornasen con todas las galas con que debían adornarse las esposas de los reyes. Las damas encargadas de este menester por razón de rango entraron en la cabaña y pusieron toda su ciencia y su destreza en ajustar los diversos atavíos con arte en el cuerpo de la zagala.

En esa cabaña llena a rebosar admiraron las damas con qué arte la pulcritud disimulaba la pobreza. La rústica choza, cubierta y sombreada por un anchuroso plátano, les parecía un lugar de ensueño.

La hermosa pastora salió por fin del reducido gabinete, espléndidamente ataviada. Todos aplaudieron entusiasmados sus galas y su hermosura, pero, bajo la postiza pompa, el príncipe comenzaba ya a echar de menos la sencillez inocente y graciosa del traje pastoril.

La zagala se sentó, majestuosa, en una espléndida carroza de oro y marfil. Luego subió también el príncipe, con orgullo, tan pletórico al verse enamorado a su lado como cuando lo llevaban en triunfo después de una victoria. Los seguían los miembros de la corte. Cada cual ocupaba su lugar de acuerdo con el cargo que ostentaba o el esplendor de su cuna.

Los ciudadanos habían salido casi todos al campo y llenaban los alrededores de la villa. Esperaban impacientes su regreso a la ciudad, informados como estaban de la elección del príncipe. Apareció éste y se precipitaron todos a su encuentro. La carroza apenas podía avanzar por entre la compacta muchedumbre que le salía al paso. Los caballos, espantados ante el griterío jubiloso que arreciaba de nuevo, se encabritaban y pateaban, rebeldes al freno, y más bien retrocedían que adelantaban.

Llegaron por fin al templo, y allí, con el eterno lazo de una solemne promesa, unieron los esposos su destino. Al salir del templo se dirigieron a palacio, donde los esperaban mil placeres. El baile, los juegos, los torneos y las carreras vertieron allí su alegría por todas partes. Al llegar la noche, el rubio matrimonio coronó el día con sus castas dulzuras.

Al día siguiente, los distintos estados del reino, en la persona de sus magistrados, fueron a palacio para ofrecerles sus votos a los príncipes.

Rodeada de sus damas, Griselda, sin muestra alguna de asombro, los escuchó como princesa, y como princesa les respondió. Se condujo en todo momento con tanta discreción que pareció como si el cielo hubiese derramado sus tesoros aún con más abundancia en el alma que en el cuerpo. Con su pronta inteligencia, adoptó en seguida los modales de aquel mundo, y desde el primer día se informó con tal cuidado del carácter y el talento de sus damas que su buen sentido, siempre despierto, las gobernó con más facilidad que antaño a sus ovejas.

Antes de un año, el cielo bendijo su lecho afortunado con los frutos del matrimonio. No llegó el tan deseado príncipe, sino la princesa, pero ésta era tan linda que todos los cuidados parecían pocos para conservar su vida. El padre, cautivado por su dulce y seductor aspecto, entraba a verla a cada instante, y la madre, más embelesada todavía, la contemplaba sin cesar. Quiso amamantarla ella misma.

—¡Ah! —exclamaba—. ¿Cómo sustraerme, sin parecer una cruel ingrata, al deber que su llanto me reclama? Por motivos contrarios a la naturaleza, ¿podría yo consentir en ser tan sólo a medias la madre de la hijita a quien tanto adoro?

O bien porque hubiera menguado la ardorosa pasión de los primeros días de su amor, o bien porque habían renacido sus humores malignos, oscureciendo sus sentidos con negros efluvios y corrompiendo su corazón, el príncipe empezó a imaginarse que todos los actos de la princesa eran insinceros. Le molestaba su virtud sin tacha, como si fuera un lazo tendido a su credulidad; su espíritu, inquieto y agitado, daba crédito a todas las sospechas, y hallaba un triste placer poniendo en duda el exceso mismo de la felicidad que había sentido hasta entonces.

Para calmar el dolor que lo embargaba, siguió a Griselda, la observó, se complació en atormentarla con sus violencias, con las alarmas del temor, con todo lo que pudiera separar la verdad del fingimiento:

—No conviene que me deje engañar —se decía—. Si sus virtudes son verdaderas, someterla a tratos degradantes no hará sino fortalecerlas.

Así pues, la mantuvo encerrada en su palacio, lejos de todos los placeres de la corte. A su habitación, donde vivía sola y retirada, apenas llegaba la luz del día. Convencido de que los adornos y lujosos atavíos del bello sexo, formado por la naturaleza para el placer, constituían su arma más poderosa, le reclamó con modales abruptos las perlas, los rubíes, los anillos y las joyas que le había regalado en señal de amor el día en que se unió a ella en matrimonio.

Ella, cuya vida era inmaculada, y que sólo se había preocupado por cumplir con sus deberes de esposa, le devolvió las joyas sin alterarse, e incluso, viendo la alegría con que él las tomaba, sintió al devolverlas un gozo mayor que cuando las recibió.

—Mi esposo me atormenta para así ponerme a prueba —se decía Griselda—. Bien veo que me hace sufrir con el único fin de despertar mi debilitada virtud, amenazada de muerte por esta vida. Y si no es éste su propósito, por lo menos estoy segura de que sí es el del Señor, y que la cruel duración de tantos males sólo sirve para poner a prueba mi constancia y mi fe. Mientras tantas desdichadas van errantes a merced de sus deseos por mil peligrosos caminos, persiguiendo vanos y engañosos placeres; mientras el Señor, en su lenta justicia, deja que se acerquen al precipicio y las abandona en el peligro; en cambio, a mí, por puro don de su bondad suprema, me considera su hija querida, y se muestra siempre dispuesta a corregirme. Amemos, pues, ese rigor benéfico. La felicidad se alcanza sólo a través del dolor. Amemos su paternal bondad y la mano de que se sirve para corregirnos.

El príncipe comprobó que acataba sin violencia todas sus órdenes, pero no se dejó convencer.

—Veo el asiento de esta virtud fingida —se dijo— y lo que hace vanos mis esfuerzos: mis dardos se dirigen a un punto donde no vive ya su amor.

»Toda su ternura la ha puesto en su hija, en la joven princesa. Si de verdad estoy dispuesto a ponerla a prueba, debo centrar en ella todos mis esfuerzos y salir así de dudas.

Griselda acababa de darle el pecho al tierno objeto de su ardiente amor, que, tendido en su regazo, jugueteaba con ella y se reía, mirándola.

—Veo que la amáis —dijo el príncipe—, y, sin embargo, es necesario que os la quite en tan tierna edad, para formar su carácter y sus costumbres y preservarla de los malignos defectos que se le podrían contagiar si la dejara a vuestro lado. Mi buena estrella me ha hecho descubrir a una dama dotada de talento, que sabrá educarla en todas las virtudes y en la cortesía propia de una princesa. Debéis despediros de ella, pues vendrán en seguida a llevársela.

Dicho esto, el príncipe salió de allí, pues no tenía valor, no se sentía lo suficientemente inhumano como para contemplar cómo arrancaban de las manos de la princesa a la única prenda de su amor. Griselda se deshizo en llanto, dispuesta a esperar, postrada de dolor, el funesto instante de su desgracia.

Cuando se presentó ante sus ojos el odioso ejecutor de aquel acto tan cruel, Griselda sólo acertó a decir:

—Hay que obedecer.

Y, dicho esto, tomó a su hija, que la estrechaba tiernamente con sus bracitos, y, mirándola y besándola con maternal amor, se la entregó, bañada en llanto. ¡Oh, cuán amargo era su dolor! El hecho de que le arrancaran a su hija era tan cruel como si le hubieran arrancado el corazón de su tierno pecho maternal.

Cerca de la villa se alzaba un monasterio, famoso por su antigüedad, donde vivían las vírgenes en austera regla, bajo la dirección de una abadesa ilustre por su piedad. Allí, en secreto y sin declarar su ilustre cuna, dejaron a la niña. Junto a ella dejaron anillos de precio, como promesa de una adecuada recompensa por prodigarle aquellos cuidados.

El príncipe se entregó con pasión a la caza. Estaba dispuesto a ahogar en ella los espantosos remordimientos que su temible crueldad le había provocado. Le aterrorizaba ver a la princesa, como se teme ver a una leona cuyo cachorro acaban de robar. Sin embargo, ella lo recibió con dulzura, acariciándolo, e incluso con la ternura que le había prodigado en sus más felices días.

Ante aquella obediencia tan pronta y carente de reservas, se sintió conmovido por la vergüenza y el arrepentimiento, pero no por ello cejó en sus propósitos. Al cabo de dos días, con lágrimas fingidas y con el propósito de infligirle aún más sufrimiento, se dispuso a decirle que la muerte había truncado el destino de su encantadora hijita.

La noticia, inesperada, hirió a la princesa en lo más profundo de su corazón. A pesar de su dolor, y al ver cómo palidecía su esposo, se olvidó ella de su desgracia y empleó toda su ternura en consolarlo por su dolor fingido.

Esta bondad, este ardor sin igual de conyugal afecto, conmovió de repente el rigor del príncipe, le conmovió, le penetró y cambió su corazón. Le acometieron deseos de confesarle a la princesa que su hija seguía con vida, pero de nuevo le dominó su instinto y, orgulloso, le prohibió descubrir el misterio que aún esperaba diera sus frutos.

A partir de este día fue tal la ternura recíproca de los esposos que ni siquiera dos amantes que se idolatran podrían alcanzarla en sus momentos más dulces.

Quince veces el sol formó las estaciones y habitó en sus doce moradas sin ver nada que desuniera a los esposos. Así como el herrero diligente con su trabajo echa agua sobre los carbones de la mortecina fragua para así avivar su ardor, el príncipe sólo se complacía en disgustar a Griselda para impedir que su amor se enfriara.

Mientras tanto, la joven princesa crecía en talento y discreción. A la ingenuidad y la dulzura, heredadas de su madre, añadió la noble y amable arrogancia del príncipe. La suma de todo lo agradable en ambos caracteres la convirtió en una perfecta beldad.

En todas partes brillaba como un astro. Por eso, cuando la vio por casualidad entre las rejas del convento un caballero de la corte, joven, bien formado y más hermoso que el sol, se sintió inflamado de un violento ardor. Por el instinto que la naturaleza le ha dado al bello sexo, y que poseen todas las mujeres hermosas, de descubrir al pronto la herida invisible que causan sus ojos, en el preciso momento en que la infieren, la princesa supo que la amaban con ternura. Después de resistir algún tiempo, como debe hacerse antes de rendirse, lo amó también ella con tierno amor.

Nada se podía hallar en este caballero que no fuese digno de alabanza: era hermoso, valiente, nacido en ilustre cuna, y desde hacía tiempo el príncipe lo había escogido como yerno. Por eso le complació tanto la noticia de que los jóvenes se amaban y ardían en una misma llama; pero le acometió también un raro capricho: se propuso hacerles comprar, al precio de crueles tormentos, la dicha mayor de su vida.

—Hallaré gozo en darles la felicidad, pero es menester que la tortura mayor, los más rudos sufrimientos, aumenten la constancia de sus ardores. También pondré a prueba la paciencia de mi esposa. No lo haré para tranquilizar mi loca desconfianza, pues no debo dudar de su amor, sino para que a los ojos de todos resplandezcan su bondad, su dulzura, su noble sensatez, y a fin de que, al verse la tierra adornada con tan grandes y preciosos dones, se sienta respetada y eleve sus loas al cielo con gratitud.

Declaró en público el príncipe que, al no tener descendencia en la que el Estado pudiera hallar un día a su señor, ya que la hija nacida de su loco matrimonio murió a poco de nacer, debía buscar en otra parte una ocasión más propicia. Así pues, la esposa a quien iba a tomar era de cuna ilustre, hasta ese momento había sido educada en el inocente claustro de un convento, y el matrimonio sería la corona de su amor.

Juzgue el lector cuán cruel les resultó a los dos jóvenes la espantosa noticia. Acto seguido, el príncipe, sin mostrar ni disgusto ni dolor, le advirtió a su fiel esposa de la necesidad de separarse de ella para evitar la peor de las desgracias, ya que el pueblo, indignado por su baja condición, lo obligaba a contraer una alianza digna de su jerarquía.

—Es necesario —le dijo— que os retiréis de nuevo bajo vuestro techo de paja y vistáis otra vez el traje de pastora que os he mandado preparar.

Ella escuchó su sentencia tranquila y en silencio. Bajo la apariencia de un rostro sereno, ocultaba su pesar. Incapaces de disminuir sus encantos, unas gruesas lágrimas le cayeron de los hermosos ojos, tal como a veces, cuando llega la primavera, se mezcla la lluvia con los rayos del sol.

—Sois mi esposo, mi señor y mi dueño —respondió ella, suspirando y a punto de desfallecer—, y, por terribles que sean vuestras palabras, sabré demostraros que nada estimo tanto en el mundo como la obediencia que os debo.

Dicho esto, volvió sola a sus habitaciones, y allí, despojándose de su rico traje y en silencio, pero con el corazón destrozado, tomó de nuevo las ropas que vestía cuando cuidaba de sus ovejas.

Ya ataviada con su sencillo y humilde traje, acudió en busca del príncipe y le habló de esta manera:

—No puedo alejarme de vos sin pediros antes perdón por mis posibles ofensas. Puedo soportar el peso de mis desdichas, pero no puedo, señor, soportar vuestra cólera. Concededle esta gracia a mi sincero arrepentimiento y viviré contenta en mi triste morada, sin que el tiempo llegue jamás a alterar ni mi humilde respeto ni mi fiel amor.

Tal sumisión y tal grandeza de alma bajo tan humilde atavío —el cual, al mismo tiempo, resucitó en el príncipe todo el ardor de la pasión primera— estuvieron a punto de hacerle revocar la orden de destierro. Conmovido por tan poderosos encantos, y casi a punto de llorar, se disponía el príncipe a acercarse a ella para tomarla entre sus brazos cuando, de repente, el imperioso orgullo de no ceder en su resolución venció al amor y lo llevó a contestarle con estas palabras tan duras:

—Perdí ya la memoria del pasado y me satisface vuestro arrepentimiento. Id, pues: ya es hora.

Y Griselda partió sin demora. Fue en busca de su padre, a quien encontró vestido con sus rústicas ropas, llorando con el corazón traspasado de amargo dolor por ese cambio tan repentino e inesperado. Se acercó a él y le dijo:

—Volvamos a nuestros umbrosos bosques, volvamos a nuestra humilde morada. Dejemos sin pena la pompa de palacio. Nuestras cabañas no encierran tanta magnificencia, pero en ellas se encuentran, junto a una inocencia mayor, un reposo más seguro y una paz más dulce.

Nada más llegar a su destierro, pidió de nuevo el huso y la rueca, y se puso a hilar a la orilla del mismo arroyo donde antaño la encontrara el príncipe. Allí, con corazón sereno y sin rencor alguno, le pidió al cielo, cien veces todos los días, que colmase a su esposo de gloria y de riqueza, que satisficiera todos sus deseos. Un amor alimentado con caricias no podría ser más ardiente que el suyo.

El esposo querido por quien rezaba, aquél a quien tanto echaba de menos, quiso ponerla a prueba una vez más y le envió recado de acudir a palacio para hablarle.

—Griselda —le dijo en cuanto ella se presentó—, es necesario que la princesa a la que mañana daré mi mano esté contenta de vos y de mí.

»Os pido, pues, todo vuestro cuidado, y quiero que me ayudéis a complacer al objeto de mis deseos. Sabéis ya de qué manera quiero que me sirvan, sin economías ni mezquindades, para que se vea en todo el príncipe, y el príncipe enamorado.

»Emplead toda vuestra habilidad para adornar sus habitaciones; haced que la abundancia, la riqueza y la pulcritud resalten con igual esplendor por doquier. Tened, en fin, presente en todo momento que se trata de una joven princesa, y que la amo con ternura.

»Y, para que os entreguéis con más celo a los cuidados de vuestra misión, quiero presentaros a aquélla a quien mis órdenes os obligan a servir.

Tal como en las puertas de Levante se muestra la naciente aurora, así apareció la princesa ante ellos, más hermosa todavía. Al acercarse a ella, Griselda sintió en el fondo de su corazón los dulces transportes de la ternura maternal. El recuerdo de los tiempos pasados, de sus días venturosos, se levantó al momento en su mente:

—¡Ay! —se dijo—. Mi hija, si el cielo hubiera escuchado mis ruegos, mi hija sería ya una joven como ésta, y quizá tan hermosa también.

En el mismo instante sintió hacia la joven princesa un amor tan vivo y tan intenso que, en cuanto ella hubo partido, y siguiendo sin saberlo sus secretos instintos, le habló al príncipe de esta manera:

—Permitidme, señor, os haga presente que a esta encantadora princesa que vais a tomar por esposa, criada en la abundancia, en el esplendor y en la púrpura, le será imposible soportar los tratos que recibí yo de vos sin que pierda en ello la vida.

»La necesidad y la insignificancia de mi cuna me habían acostumbrado a los trabajos y fatigas, y podía soportar toda clase de males sin esfuerzo e incluso sin queja; pero ella, que jamás ha conocido el dolor, sucumbirá ante la menor dureza, a vuestra primera palabra de reproche. Os suplico, ¡oh, señor!, que la tratéis con dulzura.

—Pensad —le dijo el príncipe con suavidad—, pensad en servirme según vuestras capacidades. No necesito que una simple pastora quiera darme lecciones y se permita aconsejarme sobre cuáles son mis deberes.

Griselda, al oír estas palabras, bajó los ojos y se retiró.

Mientras tanto, los caballeros invitados a la boda llegaban de todas partes. El príncipe los reunió en un magnífico salón antes de encender la antorcha nupcial y les habló de esta manera:

—Después de la esperanza, nada hay en el mundo más engañoso que las apariencias. He aquí un ejemplo de ello. ¿Quién no creería que mi joven amada, que el matrimonio va a convertir en princesa, es completamente feliz y su corazón rebosa de alegría? Sin embargo, es todo lo contrario.

»¿Quién podría dejar de creer que ese joven guerrero amante de la gloria halle gozo en contemplar el espectáculo de estas bodas, él, que en los torneos alcanzará la victoria sobre todos sus rivales? Sin embargo, tampoco es cierto.

»¿Quién no creería aún que, en su justa cólera, Griselda no llore y se desespere? Sin embargo, no se queja, se resigna a todo, y nada ha podido apurar su paciencia.

»Y, por último, ¿quién no creería que nada puede igualar la dichosa carrera de mi fortuna, al contemplar la hermosura del objeto de mis ardores? Y, sin embargo, si el matrimonio me uniese a él, sufriría yo una pena profunda y sería el más desgraciado de los príncipes.

»El enigma os parecerá difícil de resolver; dos palabras os lo aclararán, y harán que se desvanezcan como humo las desgracias de que os he hablado.

»Sabed —prosiguió— que la encantadora persona que según creéis ha traspasado mi corazón es mi propia hija. Sabed también que se la doy por esposa a ese joven caballero que la ama con apasionado amor, y que con el mismo amor es por ella amado.

»Sabed además que, profundamente conmovido por la paciencia y el celo de la prudente y fiel esposa a quien de manera tan indigna expulsé de palacio, la tomo de nuevo conmigo, para reparar con lo más dulce del amor el duro y bárbaro trato que recibió de mi celoso capricho.

»Mayor será ahora mi interés en anticiparme a todos sus deseos que fue antaño mi empeño en abrumarla de desgracias; y si tiene que perdurar en tiempos venideros el recuerdo de las penas que no pudieron vencer a su corazón, quiero que se hable todavía más de la gloria con que habré coronado su suprema virtud.

»Como cuando una espesa nube ha oscurecido la luz del sol y el cielo, completamente negro, amenaza con horrible tormenta, si saliendo del oscuro velo arrinconado por el viento, se derrama sobre el paisaje un brillante rayo de luz, todo ríe y reviste de nuevo de belleza, de igual forma en los ojos antes nublados de tristeza estalla de pronto un gozo radiante.

Ante tan dulces palabras, la joven princesa, gozosa al saber que recibió su vida del príncipe, se arrojó a los pies de éste y abrazó sus rodillas con ardor. Su padre, conmovido ante el gesto de su amada hija, la alzó, la besó y la llevó ante su madre, perdido casi el sentido de puro gozo. Su corazón, que supo tantas veces vencer los más horribles sufrimientos, se sentía ahora sucumbir al dulce peso de la felicidad. Era casi incapaz de estrechar entre sus brazos a la hija adorable que le devolvía el cielo, y sólo acertaba a llorar.

—Tiempo os quedará —le dijo el príncipe— para satisfacer la ternura de la sangre. Ahora debéis vestir de nuevo los atavíos que reclama vuestro rango. Tenemos que presidir unas bodas.

Llevaron al templo a los jóvenes enamorados, y la promesa recíproca de quererse con ternura dio perenne firmeza a sus dulces lazos. Hubo después diversiones, magníficos torneos, juegos, bailes, músicas y festines deliciosos, en los que la figura de Griselda atrajo todas las miradas, y en los que todos, con vehementes elogios, ensalzaron su constancia y su paciente fidelidad. Y tal es la complacencia que en su alegría muestran los pueblos hacia su más caprichoso príncipe que llegaron incluso a alabarle esta prueba cruel, ya que ella dio ocasión a este perfecto modelo de virtud tan hermosa, tan conveniente al bello sexo y tan rara en todas partes.

Si me hubiese rendido a los variados consejos que me han dado sobre la obrita que os envío, no habría quedado de ella más que la estricta narración, y en este caso habría acertado dejándola dentro de la envoltura azul en que se halla desde hace muchos años.

Se la leí en primer lugar a dos de mis amigos.

—¿Por qué? —dijo uno de ellos— hacer hincapié de tal modo en el carácter de vuestro protagonista? ¿Qué nos importa saber lo que hacía por la mañana en su Consejo, y menos aún con qué diversiones pasaba la tarde? Todo ello podría suprimirse.

—Os lo ruego —dijo el otro—, quitad de ahí la maliciosa respuesta del príncipe a los enviados del pueblo, que le instan a casarse. No es propio de un príncipe serio y discreto. ¿Me permitís también que os aconseje suprimir la larga descripción de la caza? ¿Qué relación tiene con el fondo de vuestra historia? Creedme: no son más que adornos vanos y ambiciosos que empobrecen vuestro poema en vez de enriquecerlo. Y lo mismo cabe decir —añadió— de los preparativos del casamiento del príncipe: resultan excesivos e inútiles. En cuanto a vuestras damas que rebajan su tocado, que se cubren el pecho y alargan las mangas, eso no es más que una humorada sin gracia, como el orador que se aplaude a sí mismo por su elocuencia.

—Os ruego, además —repuso el que había hablado antes—, que suprimáis las reflexiones cristianas de Griselda, cuando dice que Dios quiere ponerla a prueba: es un sermón que está fuera de lugar. Tampoco puedo con las crueldades de vuestro príncipe; me sublevan, yo las suprimiría. Es cierto que forman parte de la historia, pero no importa. Quitaría también el episodio del joven caballero, que sólo aparece para casarse con la princesa. Alarga demasiado el cuento.

—Pero —repuse— de otro modo la historia acabaría mal.

—No sé qué deciros —me contestó—, pero no por ello dejaría de quitarlo.

Al cabo de unos días les di una nueva lectura a otros dos amigos, los cuales no dijeron palabra acerca de los pasajes que acabo de citar, pero en cambio criticaron otros diferentes.

—No sólo no me molesta el rigor de vuestra crítica —les dije—, sino que además echo de menos que no sea bastante severa. Habéis pasado por alto un sinfín de detalles que otros hallan dignos de censura.

—¿Cuáles? —inquirieron.

—Objetan que me extiendo demasiado en la descripción del príncipe y que no interesa saber lo que hacía por las mañanas y menos aún por las tardes.

—El que os haya dicho tal cosa se ha burlado de vos —repusieron ambos a la vez.

—También censuran —continué— la respuesta que da el príncipe a quienes lo instan a casarse, por ser demasiado maliciosa e impropia de un príncipe serio y discreto.

—Bueno —dijo uno de ellos—, ¿y por qué un joven príncipe de Italia, de ese país donde no es extraño oír burlas y chanzas en labios de altos y graves magistrados, donde además es costumbre hablar mal de las mujeres y del matrimonio, asuntos que de por sí ya se prestan a la burla; por qué, digo, ese joven príncipe no podría divertirse un poco con ello? Sea como fuere, os pido indulgencia para ese pasaje, como para el del orador que creyó haber convertido al príncipe, y asimismo para el de la simplificación de los tocados. Puesto que, si se ha calificado de maliciosa la respuesta del príncipe, seguramente se habrán censurado también estos dos pasajes.

—Lo habéis adivinado —le dije—. Pero, por otra parte, los que tan sólo prefieren que les hablen de cosas alegres han sido incapaces de soportar las reflexiones cristianas de la princesa cuando dice que Dios quiere ponerla a prueba. Afirman que es un sermón y que está fuera de lugar.

—¿Fuera de lugar? —repuso el otro—. Tales reflexiones no sólo son apropiadas al temor, sino que además le son absolutamente necesarias. Si pretendíais dotar de verosimilitud la paciencia de vuestra heroína, ¿qué otro medio os quedaba sino hacerle considerar los malos tratos de su esposo como venidos de Dios? Sin esa reflexión, habría que considerarla la más estúpida de las mujeres, lo cual redundaría en perjuicio de la historia.

—También censuran —continué— el episodio del joven caballero que se casa con la princesa.

—Se equivocan —repuso—. Vuestra obra, aun cuando la consideréis una narración, es un verdadero poema, y todo ello hace menester que al final quede todo bien resuelto. Si la princesita volviera al convento con la desilusión del matrimonio deshecho, quedaría triste, y quedarían también tristes los lectores de la narración.

Como consecuencia de tal entrevista, me he decantado por dejar mi obra en el mismo estado en que se la leí a la Academia. He corregido sólo las partes defectuosas por su propia naturaleza. En cuanto a las demás, a las que no he hallado otro defecto que el de disgustar a algunas personas quizá excesivamente delicadas, he creído mi deber dejarlas como antes.

> ¿Es suficiente razón
> para suprimir un plato
> el que ese plato en cuestión
> le disguste a un invitado?
>
> Dejemos a cada cual
> elegir según su gusto,
> y variemos el festín
> para que guste a todo el mundo.

Sea como fuere, he creído mi deber remitirme al público, cuyo juicio es el que vale en último término. Él me enseñará cómo debo considerar mi narración, y seguiría exactamente sus consejos, en caso de lanzar algún día una segunda edición de mi obra.

PIEL DE ASNO

A LA SEÑORA MARQUESA DE I.***

Gentes habrá de rigidez extrema y de ceño fruncido
que no admitan, estimen ni soporten
más que la pompa del sublime estilo.
Y, sin embargo, a sostener me atrevo que el ingenio más fino
en muchos casos puede sin desdoro
de títeres gustar como los niños
y que en ciertos momentos y lugares la pompa y los remilgos
al lado de agradables bagatelas no valen un comino.

Pues ¿es cosa de asombro
que un gran talento, de alabanza digno,
cansado a veces de sus altas rutas,
busque el reposo de un placer sencillo,
y un cuento de ogros y hadas bienhechoras
le arrulle dulcemente en su retiro?

Sin temer, pues, censuras ni reproches
por malgastar mi tiempo en juegos nimios,
de Piel de Asno os contaré la historia,
con todos sus detalles divertidos.

rase una vez un rey, el rey más grande de la tierra: era amable en la paz, terrible en la guerra, y no tenía otro rival que él mismo. Sus vecinos lo temían, sus estados gozaban de paz, y por doquier florecían, a la sombra de las palmeras, las virtudes y las bellas artes.

Su amable mitad, fiel compañera, era tan buena y tan hermosa, estaba dotada de un carácter tan apacible y sereno que con ella era menos feliz como rey que como esposo. Y de su casto y tierno matrimonio, lleno de dulzura y felicidad, había nacido una hija, adornada con tantas virtudes que fácilmente se consolaban con ella por no tener descendencia más numerosa.

Todo era lujo en su vasto y rico palacio. Pululaba por doquier gran abundancia de criados y cortesanos. Tenía el rey en sus cuadras caballos grandes y pequeños, de todas las razas, cubiertos con ricas gualdrapas, tiesas con tanto oro y tanto bordado. Pero lo que maravillaba a quien entraba allí era que, en un lugar prominente, se hallaba un asno que hacía ostentación de sus dos largas orejas.

Sin duda os desagradará tal injusticia. No obstante, cuando conozcáis las grandes virtudes del animal, no os parecerán excesivos los honores que se le rendían. La naturaleza lo había formado de tal manera y era además tan pulcro que jamás soltaba excrementos. En su lugar, echaba escudos de buen oro y luises de variado cuño, que todas las mañanas se tomaban de encima de la rubia paja.

Ahora bien, el cielo, que a veces se cansa de contentar a los hombres y que mezcla siempre con sus beneficios alguna desgracia, al igual que la lluvia con el buen tiempo, permitió que una violenta enfermedad amenazase de repente la vida de la reina. Se buscaron remedios por todas partes, pero ni la facultad donde se estudia el griego ni los charlatanes a la moda pudieron dominar el incendio que provocaba la fiebre y que iba en aumento cada día.

Llegada su hora final, le dijo la reina a su esposo, el rey:

—No os toméis a mal que antes de morir exija de vos una promesa, y es que si desearais casaros de nuevo cuando yo haya muerto...

—¡Ah! —dijo el rey—. No sigáis... Nunca en mi vida pensaré en semejante cosa. Tranquilizaos.

—Vuestro vehemente amor —repuso la reina— me lo asegura así, y lo creo; pero para quedar más tranquila quiero que me lo juréis. Con la salvedad, sin embargo, de que, si halláis una mujer más hermosa, mejor formada y más discreta que yo, tenéis toda la libertad para darle vuestra palabra y casaros con ella.

La reina confiaba hasta tal punto en sus propios encantos que una promesa realizada en estos términos le pareció el juramento arteramente conseguido y más seguro. El rey juró solemne, pues, con los ojos anegados por el llanto, todo cuanto quiso la reina. Ella murió entre sus brazos y jamás marido alguno lloró como él y se mesó tanto el cabello por la pérdida de su esposa. Al oírlo sollozar de aquel modo día y noche, creyeron todos que su dolor no duraría mucho y que lloraba el amor de su difunta esposa como hombre presuroso que quiere terminar cuanto antes.

No se engañaron los cortesanos. Al cabo de unos meses, el rey quiso proceder a la elección de nueva esposa. Sin embargo, aquello no era fácil, pues había que cumplir el juramento. Por tanto, la nueva esposa tenía que ser más bella y amable que aquélla a quien habían sepultado en el mausoleo.

Ni la corte, abundante en beldades, ni el campo ni la villa, ni los reinos vecinos, que se exploraron con sumo cuidado, pudieron ofrecer tal modelo de perfecciones. Tan sólo la infanta era más bella y poseía ciertos tiernos atractivos que no tuvo la difunta.

El propio rey reparó en ello, e, inflamado en ardiente amor, su loca imaginación le dio a entender que, debido a esas razones, debía casarse con ella. Consultó incluso el caso con un experto en moral, el cual le demostró que podía hacerlo. Pero la joven princesa, a quien llenaban de dolor las noticias de aquella pasión, no dejaba de lamentarse y llorar noche y día.

Con el alma rebosante de angustia, fue a visitar a su madrina en una apartada gruta, ricamente adornada de nácar y coral. Su madrina era un hada ilustre, que jamás tuvo rival en su arte.

No creo necesario deciros lo que, en aquellos tiempos dichosos, era un hada. Estoy seguro de que vuestra aya os lo explicó ya en los días de vuestra tierna infancia.

—Ya sé lo que os trae aquí —le dijo el hada a la princesa nada más verla—, y conozco el profundo pesar de vuestro corazón, mas no temáis: si contáis conmigo, nada en el mundo os puede dañar, siempre que os dejéis llevar por mis consejos. Cierto, vuestro padre quiere casarse con vos. Acceder a sus locas pretensiones sería un grave pecado, pero, sin contradecirle, se le puede disuadir.

»Decidle que, para colmar vuestros deseos y antes de que vuestro corazón corresponda a su amor, debe regalaros un vestido que sea del color del tiempo. A pesar de su gran poderío y sus inmensas riquezas, y, aunque el cielo favorezca todos sus deseos, nunca podrá cumplir su promesa.

Acto seguido, la princesa fue a decírselo, temblando, a su enamorado padre, quien mandó de inmediato comunicar a los sastres más famosos que si no le procuraban lo antes posible un vestido que fuese del color del tiempo, bien podían darse por ahorcados.

No había nacido el segundo día cuando llevaron el vestido deseado. El más bello azul del cielo, cuando lo contemplamos ceñido por grandes nubes de oro, no presenta un color más azul que el de aquel rico traje.

Llena de gozo y de pena, la infanta no sabía qué decir ni cómo sustraerse al cumplimiento de su palabra.

—Princesa —le dijo en voz baja su madrina—, pedidle ahora un traje más brillante aún y menos corriente, que sea del color de la luna: en verdad no os lo podrá ofrecer.

Nada más pedirlo la princesa, el rey le dijo a su bordador:

—Que el astro de la noche no sea más resplandeciente que este traje, y que me lo entreguen sin falta antes de cuatro días.

El rico traje estuvo listo para el día señalado, y tal como el rey lo había descrito. En los cielos, cuando ha desplegado sus velos la noche, no se presenta la luna tan magnífica en su manto de plata, ni siquiera cuando, en la mitad de su carrera mudable, su más clara luz oscurece a las estrellas.

La princesa, al admirar tan maravilloso atavío, estaba casi decidida a dar su consentimiento; mas, inspirada por su madrina, le dijo al enamorado rey:

—No estaré contenta hasta que tenga un traje más brillante aún y que sea del color del sol.

El rey, que, según se ve, la amaba con ardor sin igual, mandó avisar al punto a un rico artífice y le encargó que hiciera el traje de un magnífico tejido de oro y brillantes. Añadió que, si no llegaba a contentar sus deseos, lo haría perecer en medio de los mayores tormentos.

No tuvo que molestarse en cumplir su palabra, pues, antes de que transcurrieran ocho días, el industrioso artesano mandó la preciosa labor, tan hermosa, tan rica y tan resplandeciente que el rubio amante de Climena, cuando pasea por la bóveda celeste en su carro de oro, no deslumbra los ojos con más vivo fulgor. La infanta, confundida con tan preciosos dones, no sabía ya qué contestarle a su padre, a su rey, pero su madrina la tomó en el acto de la mano y le susurró al oído:

—No podéis quedaros atascada en este punto. ¿Tan extraordinario es que os haga espléndidos regalos, mientras conserve el asno que ya sabéis, el cual no deja de llenar su bolsa de escudos? Pedidle la piel del raro animal. Si no me engaña la razón, es la fuente de todos sus recursos y, por tanto, os la negará.

El hada sabía muchas cosas, pero ignoraba que el amor violento, con tal de obtener satisfacción, suele despreciar la plata y el oro. La infanta pidió la piel del asno, y ésta le fue concedida al instante.

Cuando le presentaron la piel, le produjo un terrible espanto, y, con amargura, empezó a lamentarse de su destino. La madrina llegó, recordándole que quien obra bien no debe temer nada y que lo más conveniente para ella era engañar al rey. Debía decirle que lo tomaría por esposo y, a continuación, partir sola y cuidadosamente disfrazada hacia un país lejano. De ese modo evitaría un mal tan cierto e inminente.

—He aquí —prosiguió— un cofre donde pondremos todos vuestros trajes, el espejo y el tocador, los brillantes y los rubíes. Os doy también mi varita. Si la lleváis en la mano, el cofre os seguirá bajo tierra y, cuando queráis abrirlo, os bastará con golpear el suelo para que el cofre aparezca ante vuestros ojos.

»Para que nadie os reconozca, la piel del asno resulta un disfraz perfecto. Si os cubrís con ella infundiréis tal espanto que nadie se atreverá a averiguar qué hay debajo de ella.

La princesa partió, disfrazada de esta guisa. No bien hubo dicho adiós a su madrina en hora temprana, cuando el príncipe, a quien ya se le estaban preparando las fiestas del feliz matrimonio, se enteró con terror de la ausencia de la princesa. Se registraron sin tardanza todas las casas y reconocieron todos los caminos, pero todo resultó inútil, pues no consiguieron descubrir el paradero de aquella belleza.

Una enorme tristeza se extendió por doquier; ya no hubo festín ni bodas, ni pastel ni confites. Las damas de la corte, melancólicas y abatidas, apenas probaron bocado aquella noche, pero quien más se entristeció fue el señor cura, pues con todo aquel tráfago comió tarde y se quedó sin ceremonia.

Entre tanto, la infanta seguía su camino. Con el rostro cubierto por una costra de mugre, pedía limosna a los viandantes y buscaba colocarse como sirvienta; pero las gentes más humildes y menos delicadas, al verla tan basta y pringosa, no querían escucharla, y mucho menos acoger en sus casas a tan sucia criatura.

Caminó mucho y llegó lejos, muy lejos, más lejos aún, hasta una alquería, cuya dueña necesitaba una criada para los trabajos más rudos, tales como lavar los paños de cocina y limpiar la cochiquera.

Pusieron a la infanta en un rincón de la cocina, donde los mozos, insolentes y groseros, se complacían en importunarla y contradecirla. No sabían ya cómo burlarse de ella e imaginaban nuevas chanzas a cada momento, con lo que la convirtieron en el objeto de todas sus pullas.

Sólo los domingos podía descansar un poco. Una vez terminado su trabajo por la mañana, se encerraba en su habitación y, quitándose toda la mugre, abría el cofre, sacaba la mesita del tocador y ponía en ella todos sus tarros y peines. Contenta y satisfecha ante su espejo, se ponía a veces el vestido de color de luna, a veces el de color de sol resplandeciente y a veces el hermoso traje azul con el cual ni todo el azul del cielo se podía comparar. Sin embargo, le disgustaba que la cola de los trajes no pudiera desplegarse en toda su extensión debido al exiguo tamaño de la habitación. Le gustaba verse joven, blanca y rosada, y cien veces más hermosa que ninguna de las demás. Ese suave placer le daba ánimo para soportar sus desdichas hasta el domingo siguiente.

Se me había olvidado decir que en esa alquería se criaban las aves de un rey magnífico y poderoso; gallinas de Guinea, pollas de agua, pintadas, cuervos marinos, ansarones, avutardas y otras aves de mil raros colores y plumajes llenaban a rebosar diez corrales inmensos.

Cuando regresaba de la caza, el hijo del rey solía entrar en la agradable morada para descansar y tomar un refresco, junto con los caballeros de su corte. No fue tan bello el hermoso Céfalo: su porte regio y su aspecto marcial hacían temblar a los más bravos batallones. Piel de Asno lo veía de lejos con un sentimiento de ternura, y por ello supo que, bajo su mugre y sus harapos, latía aún el corazón de una princesa.

—¡Qué aspecto tan noble en su abandono! —se decía—. ¡Y cuán amable es! ¡Cuán afortunada será la hermosa dama a quien le entregue el corazón! ¡Si me ofreciera el más humilde atavío, mejor me sentiría que todos los que tengo, por lujosos que sean!

Un día, el joven príncipe paseaba al azar de corral en corral y atravesó un oscuro pasillo donde se hallaba la humilde habitación de Piel de Asno. Le acometió el deseo de mirar por el ojo de la cerradura; y como era día festivo, la infanta iba espléndidamente ataviada, con sus adornos de brillantes y el magnífico traje tejido de oro fino y diamantes que igualaba la más pura claridad del sol. El príncipe la contempló con deleite durante un buen rato. Quedó tan extasiado que ni se acordaba de respirar. Por bellas que fueran las vestimentas, cien veces más le conmovía la hermosura del rostro, su óvalo perfecto, su blancura sin par, sus finas facciones, su frescor juvenil. Pero la nobleza de su aspecto y en mayor medida un pudor lleno de discreción y modestia, testimonios ciertos de la hermosura del alma, le ganaron por entero el corazón.

Tres veces, en el ardor de la llama que lo abrasaba, estuvo a punto de forzar la puerta, pero, convencido de que estaba contemplando a una divinidad, tres veces detuvo el brazo por respeto.

Una vez en palacio, y con talante taciturno, suspiraba día y noche. No quiso ir al baile, a pesar de hallarse en Carnaval; aborreció la caza y el teatro, perdió el apetito y no tenía ganas de hacer nada. Una triste y mortal languidez lo abatía a todas horas.

Preguntó quién era la ninfa admirable que moraba en un corral, al fondo de un pasillo oscuro en pleno día.

—Piel de Asno —le contestaron—, pero no es ni ninfa ni hermosa, y la llaman Piel de Asno a causa de la piel con que se cubre. En verdad, podría estar en ello el remedio de aquel amor, en ello, que, después del lobo, es el animal más feo del mundo.

Pero esos comentarios fueron inútiles: el príncipe se resistía a creerlos. Los rasgos que había dibujado el amor, presentes en su memoria, no se borrarían jamás.

Mientras tanto, su madre, la reina, que sólo lo tenía a él, lloraba presa de la desesperación. En vano le suplicaba que le explicase el motivo de su pesar. Gemía el príncipe, lloraba, suspiraba, pero no daba aclaraciones. Tan sólo explicaba que quería comer un pastel hecho por Piel de Asno con su propia mano, pero la madre no comprendía lo que significaba aquello.

—¡Cielos, señora! —le decían—. Esta Piel de Asno es como un negro topo; es más fea y desaseada que el más sucio pinche de cocina.

—No importa —reponía la reina—. Hay que darle gusto a mi hijo. Es lo único que nos debe interesar.

La madre lo amaba hasta tal punto que le habría dado oro si oro hubiese deseado comer.

Piel de Asno tomó su harina, que había mandado cerner a tal propósito, para hacer más fina la pasta, la sal, la manteca y los huevos fresquísimos. Para hacer mejor su trabajo, se encerró a solas en su habitación.

En primer lugar, se lavó con cuidado manos, brazos y rostro, se vistió un corpiño de plata para hacer su trabajo con dignidad y luego puso manos a la obra.

Se dice que iba tan apresurada que, por casualidad, cayó en la masa uno de sus ricos anillos, pero quienes conocen la historia a fondo aseguran que la infanta puso el anillo adrede en la masa. Si me preguntan, y a fuer de ser sincero, así lo creo yo también, pues estoy seguro de que, mientras el príncipe la miraba por el ojo de la cerradura, Piel de Asno era perfectamente consciente de aquello. La mujer es en este aspecto tan despierta y es su mirada tan viva que, en cuanto alguien la contempla, ella se da cuenta al momento.

También estoy seguro, y estaría dispuesto a jurarlo, de que no dudó de que su joven caballero recibiría con sumo placer el anillo.

Nunca salió pastel más apetitoso, y el príncipe lo encontró tan sabroso que en su glotonería estuvo a punto de tragarse el anillo. Al ver la magnífica esmeralda y el estrecho círculo de oro que marcaba la forma del dedo, su corazón palpitó con alegría increíble. Lo guardó al punto bajo la almohada. El mal del príncipe iba en aumento, y los médicos, al verlo adelgazar de día en día, dictaminaron, con su gran experiencia, que estaba enfermo de amor.

Como el matrimonio, por más que se lo censure, es un exquisito remedio para esa enfermedad, acordaron casarlo. Durante algún tiempo dejó que se le suplicara, pero al fin declaró:

—Accedo a ello, con tal de que me concedan en matrimonio a la persona en cuyo dedo se ajuste este anillo.

Grande fue la sorpresa del rey y de la reina ante la extraña petición, pero el estado de su hijo era tan grave que no se atrevieron a negársela.

Empezó, pues, la busca de aquélla a quien el anillo debía colocar en lugar tan elevado, sin tener en cuenta su linaje. No hubo doncella que no estuviese dispuesta a presentar el dedo ni que renunciase a su derecho a hacerlo.

Cundió el rumor de que la pretendiente de la mano del príncipe debía tener el dedo muy pequeño. No tardaron en aparecer charlatanes que aseguraban poseer el secreto para conseguirlo. Una, impulsada por un extraño deseo, se raspaba el dedo cual si de un rábano se tratase; otra cortaba un poco de carne; otra creía empequeñecerlo apretándolo con fuerza, y otra, con ayuda de un agua maravillosa, provocaba la caída de la piel para que disminuyese su contorno. Nada dejaban por probar las doncellas, con tal de que su dedo se adaptase al anillo.

Empezaron la prueba las princesitas, las marquesas y las duquesas; pero sus dedos, aunque finos y delicados, resultaron todavía demasiado gruesos y no entraban en el anillo. Las condesas y las baronesas, todas las nobles damas, presentaron asimismo su mano y, como las otras, no obtuvieron resultado alguno.

Llegaron después las modistillas, cuyos bonitos y pequeños dedos —pues los hay muy bien formados— a veces parecían ajustarse al anillo, pero éste, siempre demasiado pequeño o demasiado grande, las descartaba a todas con idéntico desdén.

Hubo que llegar finalmente a las criadas, las cocineras, las lavanderas y las zagalas; en una palabra, al servicio de la más baja estofa, cuyas manazas rojas y negruzcas soñaban, con no menos ardor que las delicadas, con un feliz destino. Los gruesos y achatados dedos de algunas de las muchachas que se presentaron podían pasar por el anillo del príncipe menos que un cable por el ojo de una aguja.

De este modo, juzgaron que la prueba ya había concluido. Quedaba tan sólo la pobre Piel de Asno, en el rincón de la cocina. «Pero ¿cómo creer que el cielo la haya destinado a reinar?», se preguntaban.

—¿Y por qué no? —repuso el príncipe—. Que venga, pues, Piel de Asno.

Entonces todos se echaron a reír y gritaron:

—¿Qué quiere decir eso? ¿Será posible? ¿De verdad tiene que entrar aquí esa mona pringosa?

Pero cuando la infanta sacó, de debajo la negra piel, una manita que parecía de marfil colorado por un toque de púrpura, y cuando el anillo fatal, con una precisión perfecta, se ajustó a su pequeño dedo, quedó la corte pasmada hasta lo increíble.

En el calor del entusiasmo, iban a llevarla ante el rey, pero ella pidió que, antes de comparecer en presencia de su dueño y señor, le dejasen tiempo para cambiarse de vestido.

A decir verdad, todos se preparaban para burlarse de tal vestido, pero en cuanto llegó a palacio y atravesó los salones ataviada con sus espléndidos trajes, cuya magnificencia no fue jamás igualada; cuando sus preciosos cabellos rubios, sembrados de diamantes, que centelleaban con vivos reflejos y parecían convertidos en ascua de oro; cuando sus ojos azules, grandes, rasgados y dulces, llenos de altiva majestad, que no podían mirar sin cautivar y herir; cuando, en fin, su talle, tan fino que se podía rodear con las dos manos, mostraron sus encantos y su gracia divina, los suaves atractivos de las damas de la corte quedaron eclipsados por completo.

En el regocijo y la algazara de la concurrencia, el buen rey no cabía en sí de gozo viendo tan hermosa a su nuera; la reina estaba loca por ella, y el príncipe, su caro enamorado, con el alma desbordante de placer, desfallecía bajo el peso de su felicidad.

Acto seguido, empezaron los preparativos de la boda. El monarca invitó a todos los reyes vecinos, los cuales, vestidos con sus mejores galas, dejaron sus Estados para asistir a la regia ceremonia.

Llegaron reyes de los países de Oriente, montados en grandes elefantes. Llegaron también de las tierras australes, y su tez oscura infundía miedo a los chiquillos. De los cuatro puntos cardinales acudían, en fin, los soberanos, y la corte rebosaba y resplandecía con su magnificencia.

Mas ningún príncipe o potentado llegó con tanto esplendor como el padre de la novia, el cual, si bien había estado enamorado de su hija, había expiado aquel culpable sentimiento con el tiempo. Había eliminado para siempre tan criminal deseo, y lo poco que en su alma quedaba de tan odioso amor no podía sino hacer más profundo su cariño de padre.

No bien la divisó, exclamó con alegría:

—¡Alabado sea el cielo, que me permite verte de nuevo, hija querida!

Y, llorando de gozo, corrió a abrazarla con ternura. Todos quisieron conocer la causa de su alegría, y el futuro esposo quedó encantado al saber que se convertía en yerno de tan poderoso rey.

En ese momento llegó la madrina y refirió toda la historia, con lo cual aumentó más aún la gloria de Piel de Asno.

No es difícil comprender que el objeto de este cuento es enseñar a los niños que es preferible exponerse a las más rudas aflicciones antes que faltar a su deber; que la virtud puede ser desgraciada, pero se ve recompensada siempre; que, contra un loco amor y sus fogosos arrebatos, la más fuerte razón es débil fortaleza, y que un amante es pródigo siempre en ricos tesoros, que el agua clara y el pan moreno bastan para alimentar a una doncella, con tal de que pueda tener vestidos hermosos; que bajo los cielos no hay muchacha alguna que no crea ser bonita y no imagine a menudo que, si ella hubiese participado en la famosa disputa de las tres beldades, le habrían otorgado la manzana de oro.

El cuento de Piel de Asno es difícilmente creíble; pero mientras en el mundo haya niños, madres y abuelas, su recuerdo no se desvanecerá jamás.

LOS DESEOS RIDÍCULOS

A LA SEÑORITA DE LA C...

Si el cielo no os hiciera tan sensata,
de contaros muy bien me guardaría esta loca aventura
que además no es muy fina.
Seis palmos de morcilla son el tema. ¡Seis palmos de morcilla!
«¡Oh, querido, qué horror y qué torpeza!», gritaría una
marisabidilla, que, siempre grave y tierna,
sólo de amor y celos hablaría.
Pero vos, que sabéis mejor que nadie
contar historias con dicción tan viva que al oíros ingenua
que las estamos viendo se diría;
y sabéis que en ficciones no es el tema
la parte que mejor se califica,
antes bien la manera de inventarlas y con bellas palabras revestirlas:
vos de mi fábula y su moraleja
gustaréis plenamente, fiel amiga.

Érase una vez un pobre leñador que, según decía, estaba tan cansado ya de su vida penosa que deseaba en gran manera irse a descansar a orillas del Aqueronte. En su profundo dolor, se quejaba de que, desde su nacimiento, el destino cruel jamás había querido concederle ni uno solo de sus deseos.

Un día, allá en lo más profundo del bosque, se lamentaba de su suerte. Entonces se le apareció Júpiter con su haz de rayos en la mano. Sería difícil describir el terror que sobrecogió al infeliz.

—¡Nada! ¡No quiero nada! —exclamó, arrojándose al suelo—. ¡Nada de deseos, nada de truenos y nada de rayos, señor! ¡Quedemos como estábamos!

—No tienes por qué temer —repuso Júpiter—. Conmovido por tus lamentos, vengo a demostrarte que tus reproches son injustos. Óyeme, pues: yo te prometo, yo, el dueño soberano del mundo, te prometo concederte los tres primeros deseos que quieras formular, acerca de lo que mejor te parezca. Considera lo que puede hacerte feliz; examina lo que te haya de satisfacer; y, como tu dicha depende en todo de tus peticiones, piénsatelo bien antes de formularlas.

Acto seguido, Júpiter subió de nuevo a los cielos, y el alegre leñador, abrazando su grueso haz de leña, se lo echó a la espalda para regresar a su choza. Nunca le había parecido tan ligera la carga.

—No debo precipitarme con esto —decía mientras trotaba—. Esto es importante. Debo consultarlo con mi mujer. ¡Eh! —dijo, al entrar bajo su techo de paja—. ¡Paquita, enciende un buen fuego y dame una buena comida! ¡Somos ricos para siempre, ya no tendremos que pedir nada más!

Y le contó con todo detalle su aventura.

La esposa, viva y diligente, formó en seguida mil proyectos en su interior, pero luego, considerando cuán importante era obrar con prudencia, le dijo a su esposo:

—Blas, amigo mío, no vayamos a estropearlo todo con nuestra impaciencia. Examinaremos bien entre los dos lo que debemos hacer en esta ocasión. Dejemos para mañana nuestro primer deseo y consultémoslo con la almohada.

—Me parece bien —contestó el buenazo de Blas—, pero ve detrás de los fajos y saca vino.

A su regreso bebió satisfecho, saboreando el vino a sus anchas, y, apoyándose en el respaldo de la silla, le dijo a su mujer:

—Ahora que tenemos tan buenas brasas, no vendrían mal seis palmos de morcilla.

Apenas hubo pronunciado tales palabras, su mujer vio con gran asombro una larga morcilla que salió del rincón de la chimenea y se le acercó serpenteando. Lanzó un chillido, pero, al comprender que la causa de aquella aparición era sólo el deseo que su marido había formulado en un momento de imprudente estupidez, empezó a maldecirlo. En su ira y despecho, no hubo ni un solo insulto que no le dedicara al pobre esposo.

—Cuando se puede obtener un imperio —decía— y pedir oro, perlas, rubíes, diamantes y trajes espléndidos, ¿me puedes explicar a qué viene desear una morcilla?

—De acuerdo, tienes razón, la culpa es mía —concedió Blas—. Ha sido una enorme tontería por mi parte. He cometido una gran falta. La próxima vez lo haré mejor.

—Sí, sí —replicó ella—. Otro día será, hermano. Hace falta tener el cerebro de un mosquito para pedir una morcilla.

El esposo, arrebatado por la cólera, estuvo más de una vez a punto de pedir quedarse viudo, y quizá, dicho sea, así en confianza, era esto lo mejor que podía pedir.

—¡Ah, los hombres nacieron para sufrir! —decía—. ¡Maldita sea la morcilla, maldita sea! ¡Quisiera Dios, mala pécora, que te colgase de la nariz!

El cielo oyó en seguida la súplica. El marido aún no había terminado de pronunciar tales palabras y la morcilla adornaba la nariz de la colérica esposa. Este prodigio imprevisto acabó de irritarla. Paquita era hermosa, y graciosa también, y, a decir verdad, semejante adorno, en un sitio tan delicado, causaba un pésimo efecto. Además, le colgaba por encima de la barbilla, por lo que le apenas le dejaba hablar. Ésta era una maravillosa ventaja para un esposo; tan maravillosa que, en tan dichoso instante, pensó Blas no formular ya otro deseo.

—Bien podría —decía para sus adentros—, después de tan gran desgracia, emplear el deseo que me queda en convertirme en un rey omnímodo. Cierto es que nada puede igualar la grandeza de la corona, pero también debo pensar qué aspecto presentaría la reina y cuán desgraciada sería, al verse sentada en un trono con más de seis palmos de nariz. Debo consultarlo con ella, y que ella decida si se convierte en una gran princesa conservando esta horrible nariz o si sigue siendo leñadora pero con una nariz normal, tal como la tenía antes de que sobreviniera esta desgracia.

Meditó mucho al respecto. Aunque era consciente del poder y las ventajas que da un cetro, y de que cuando se lleva una corona en la cabeza se tiene siempre una hermosa nariz, como no hay nada más importante que el deseo de agradar, Paquita prefirió ser como era a ser reina y fea.

De este modo el leñador no cambió de estado, no se convirtió en potentado, no llenó de escudos su bolsa, y aun así se consideró bastante dichoso con emplear el deseo que le quedaba en devolverle a su mujer su anterior aspecto.

Bien es verdad que no deben los hombres miserables, ciegos, imprudentes y versátiles formular deseo alguno, pues muy pocos de ellos son capaces de emplear con cordura los dones que el cielo les concedió.

HISTORIAS
O
CUENTOS DE ANTAÑO

CON MORALEJAS

Quizá no resulte extraño que un niño se haya complacido en componer los cuentos de esta colección, pero sí sorprenderá que tenga el atrevimiento de dedicároslos. Sin embargo, señora, a pesar de la gran desproporción que existe entre la sencillez de estas narraciones y la riqueza de vuestro talento, si se examinan bien aquéllas se verá que no soy yo tan digno de censura como pueda parecer a primera vista. Todas ellas entrañan una moral muy sabia, que se revela con más o menos claridad, según el grado de penetración de quienes las leen; por otra parte —y como sea que nada demuestra tanto la amplitud de un talento como el ser capaz, simultáneamente, de elevarse a las más altas cosas y adaptarse a las más pequeñas—, a nadie le sorprenderá que la misma princesa a quien la naturaleza y la educación han familiarizado con los bienes más elevados que existen no renuncie a complacerse en semejantes bagatelas. Verdad es que estos cuentos nos dan la imagen de lo que ocurre hasta en las más humildes familias, donde el loable deseo de instruir a los hijos lleva a imaginar tales historias desprovistas de razón, para adaptarse a los niños que todavía no la poseen; pero ¿a quiénes conviene más saber cómo viven los pueblos sino a las personas a quienes el cielo destinó para conducirlos? El deseo de tal conocimiento llevó a unos héroes, e incluso a unos héroes de vuestra raza, hasta las cabañas y las chozas, para ver allí, y por sí mismos, la vida del pueblo en todos sus pormenores, porque este conocimiento les pareció indispensable para su perfecta educación. Sea como fuere, SEÑORA,

> ¿Puede elección mejor hacer creíble
> lo que cuenta la fábula imposible?
> Pues ¿dio jamás un hada bienhechora a humana criatura
> tanto exquisito don cuanto natura os diera a vos, señora?

Con mi más profundo respeto,
SEÑORA,
quedo de vuestra alteza real el más humilde y obediente servidor.

---

2   Título que se daba a la hija mayor del rey o a la de su hermano mayor.

LA BELLA DURMIENTE DEL BOSQUE

É ranse una vez un rey y una reina que estaban muy tristes por no tener hijos. Ni os podéis imaginar lo tristes que estaban. Frecuentaban todos los balnearios del mundo; profesaron votos, peregrinaciones, pequeñas devociones y novenas. Probaron todos los recursos que tenían a su alcance, pero sin éxito. No obstante, la reina quedó por fin embarazada y dio a luz una niña. Se celebró un espléndido bautizo. Nombraron madrinas de la niña a todas las hadas que pudieron hallar en el país (siete, en total) para que cada una de ellas le concediese un don, como entonces tenían por costumbre las hadas. De este modo, la princesa reuniría todas las perfecciones imaginables.

Terminada la ceremonia del bautizo, regresó el cortejo al palacio real, donde se había preparado un gran festín para las hadas. Pusieron delante de cada una de ellas un cubierto magnífico en un estuche de oro macizo, en el que había una cuchara, un tenedor y un cuchillo de oro fino, adornados con brillantes y rubíes. Pero en el momento en que se disponían todos a sentarse a la mesa vieron entrar a una vieja hada, a la que no habían invitado porque llevaba más de cincuenta años sin salir de una torre, y la creían embrujada o muerta.

El rey ordenó que le pusieran un cubierto de oro, pero no hubo manera de darle un estuche de oro macizo como a las demás, porque habían encargado tan sólo siete para las siete hadas. La anciana consideró aquello una muestra de desprecio y murmuró entre dientes ciertas amenazas. Una de las hadas jóvenes que se hallaban a su lado la oyó y sospechó que iba a hacer a la princesa víctima de algún maleficio. En cuanto se levantaron las demás de la mesa, corrió a ocultarse detrás de las cortinas, con el fin de ser la última en conceder su don y tratar de reparar en lo posible el daño que la vieja hubiera podido ocasionar.

Mientras tanto, las hadas empezaron a otorgar sus dones a la princesa. La más joven le concedió por don que sería la persona más hermosa del mundo; la siguiente, que tendría el talento de un ángel; la tercera, que pondría una gracia admirable en todas sus acciones; la cuarta, que bailaría a la perfección; la quinta, que cantaría como un ruiseñor, y la sexta, que tocaría maravillosamente toda suerte de instrumentos.

Cuando llegó el turno del hada vieja, ésta, moviendo la cabeza más por despecho que a causa de su edad, dijo que la princesa se pincharía la mano con un huso y moriría.

Tan terrible augurio hizo temblar a todos los asistentes y no hubo nadie que no llorase. En ese momento, el hada joven salió de detrás de la cortina y dijo en voz alta estas palabras:

—Tranquilizaos, rey y reina: vuestra hija no morirá a causa del accidente. Cierto es que no tengo bastante poder como para deshacer del todo el mal que ha causado el hada anciana. La princesa se pinchará la mano con un huso, pero, en vez de morir, caerá tan sólo en un profundo sueño, que durará cien años, al cabo de los cuales el hijo de un rey acudirá a despertarla.

Para evitar la desgracia que había pronosticado el hada vieja, el rey hizo publicar al punto un edicto, por el cual se prohibía a todo el mundo hilar con huso e incluso guardar husos en casa, so pena de muerte.

Al cabo de quince o dieciséis años, el rey y la reina se hallaban en una de sus casas de campo. La princesita correteaba por el castillo y subía de cuarto en cuarto, y llegó hasta un desván en lo alto del torreón, donde estaba sola una pobre anciana hilando su rueca. Esta buena mujer no había oído hablar de la prohibición de hilar con huso que había impuesto el rey.

—¿Qué estáis haciendo, buena mujer? —inquirió la princesa.

—Hilando estoy, niña hermosa —le contestó la vieja, que no la conocía.

—¡Oh, qué bonito es! —repuso la princesa—. ¿Y cómo hacéis? Dejadme probar, a ver si puedo.

En cuanto hubo tomado el huso, como era muy viva y algo atolondrada, y como, además, así lo había dispuesto el augurio de las hadas, se pinchó la mano y cayó desvanecida.

La pobre vieja, ante tan gran apuro, empezó a dar voces. Acudió gente de todos lados. Echaron agua al rostro de la princesa, la desabrocharon, le golpearon las manos y le frotaron las sienes con agua de colonia, pero nada la hizo volver en sí.

Entonces el rey, que había acudido al ruido, recordó en ese momento la predicción de las hadas y juzgó que el hecho era inevitable, puesto que así lo habían anunciado las hadas. Dispuso que se acostase a la princesa en la mejor habitación de palacio, sobre una cama cubierta con brocado de oro y plata. Tendida allí, era tan hermosa que parecía un ángel. Su desmayo no le había arrebatado los vivos colores de su tez, sus mejillas eran sonrosadas y sus labios parecían de coral. Tenía los ojos cerrados, pero se la oía respirar con dulzura, lo que demostraba que no estaba muerta.

El rey ordenó que la dejasen reposar de ese modo hasta que llegase la hora de su despertar. El hada que le había salvado la vida al anunciarle que debería dormir cien años se hallaba en el reino de Mataquín, a doce mil leguas de allí, cuando le ocurrió el accidente a la princesa. No obstante, se enteró del hecho al momento, por un enanito que poseía botas de siete leguas (es decir, unas botas con las que se corrían siete leguas por zancada). El hada se puso en camino de inmediato, y al cabo de una hora se la vio llegar en una carroza de fuego tirada por dragones.

El rey se dispuso a darle la mano para que se apease de su carroza. El hada aprobó todo lo que el rey había hecho, pero, como era un hada previsora, pensó que cuando la princesa despertase, se asustaría sin remedio al verse sola en aquel viejo castillo. Entonces hizo lo que sigue.

Tocó con su varita cuanto había en el castillo, excepto al rey y la reina. Tocó a las ayas, damas de honor, camareras, gentilhombres, oficiales, mayordomos cocineros, pinches de cocina, guardias suizos, pajes y criados. Tocó también a los caballos que había en las caballerizas, con sus palafreneros, y a los grandes mastines de los corrales, e incluso a la pequeña Puf, la perrita de la princesa, que estaba a su lado, en la cama. En cuanto los hubo tocado, quedaron dormidos, y no debían despertar hasta que lo hiciere su dueña, a fin de estar dispuestos a servirla en cuanto los necesitase. Hasta los mismos asadores, que estaban al fuego llenos de perdices y faisanes, se durmieron, y el fuego se durmió también. Todo ello quedó hecho en un momento, pues las hadas no se entretienen nunca cuando obran sus encantamientos.

Entonces el rey y la reina, después de besar a su querida hija, sin que despertase, salieron del castillo e hicieron pregonar que se prohibía acercarse a él. Tal prohibición resultó innecesaria, pues al cabo de un cuarto de hora creció alrededor del castillo tal cantidad de árboles, grandes y pequeños, de zarzas y espinos entrelazados unos a otros, que no habrían podido atravesarlo animal ni hombre; de forma que tan sólo se divisaban las puntas de las torres del castillo, y ello únicamente desde muy lejos. Nadie dudó que aquello era obra del hada, para que la princesa, durante su sueño, no tuviese nada que temer de los curiosos.

Al cabo de cien años, el hijo del rey que reinaba por aquel entonces, y que pertenecía a otra dinastía diferente de la de la princesa durmiente, cazaba por aquellos andurriales y llegó muy cerca del castillo. Preguntó qué eran aquellas torres que veía asomar por encima de aquel vasto y espeso bosque. Cada cual le contestaba según lo que había oído contar.

Decían unos que era un viejo castillo donde se reunían los fantasmas. Otros aseguraban que todas las brujas de la región celebraban en él su aquelarre. La creencia más común era que vivía allí un ogro, que se llevaba al castillo a todos los niños que podía apresar para comérselos a sus anchas. Incluso se afirmaba que nadie podía seguirlo, pues tan sólo él poseía la facultad de abrirse paso a través del bosque.

El príncipe no sabía a quién creer. Entonces, un viejo aldeano tomó la palabra y le dijo:

—Príncipe, hace más de cincuenta años le oí contar a mi padre que había en el castillo una princesa, la más hermosa del mundo; que debía dormir en él cien años, y a quien despertaría el hijo de un rey, pues el destino se la reservaba por esposa.

Al oír esto, el joven príncipe sintió inflamarse su corazón, y no dudó ni por un momento que era él el príncipe que debía culminar aquella aventura tan extraordinaria. Impulsado por el amor y la gloria, resolvió penetrar en el bosque y convencerse por sí mismo de la veracidad de lo que le decían. Apenas se dirigió hacia el bosque, todos los árboles gigantes y las zarzas y los espinos se apartaron para dejarle paso.

Al final de una ancha avenida vio aparecer el castillo. Allí se encaminó el príncipe, sorprendido de que no le hubiera seguido ninguno de sus hombres, ya que los árboles se habían juntado de nuevo después de haber pasado él. No por ello dejó de avanzar: un príncipe joven y enamorado es siempre valeroso. Entró en un ancho patio, donde se le ofreció un espectáculo capaz de helar la sangre en las venas del más valiente. Reinaba allí un silencio terrible, la imagen de la muerte se enseñoreaba del lugar y no se veían más que cuerpos tendidos de hombres y de animales, que parecían muertos. Comprendió, sin embargo, por las narices granujientas y los rostros sonrosados de los suizos, que estaban sólo dormidos, y sus copas, en las que aún quedaban unas gotas de vino, demostraban a las claras que se habían dormido mientras bebían.

El príncipe atravesó un gran patio enlosado de mármol, subió la escalera y entró en la sala de los guardianes, que estaban formados en línea, con la carabina al hombro y roncando de lo lindo. Atravesó varios salones llenos de damas y gentilhombres, dormidos todos, unos en pie y otros sentados; y entró, por fin, en una habitación toda de oro. Allí, sobre una cama, cuyas cortinas estaban descorridas por todos lados, se ofreció a sus ojos el espectáculo más bello que hubiese presenciado jamás: una princesa que parecía tener quince o dieciséis años, y cuya resplandeciente belleza tenía algo luminoso y divino. El príncipe se le acercó tembloroso y arrobado, y cayó de rodillas ante ella.

Entonces, como el encantamiento había tocado a su fin, la princesa despertó y miró al príncipe con unos ojos cuya ternura no parecía propia de una primera entrevista.

—¿Sois vos, príncipe mío? —le dijo—. Hacía tiempo que os esperaba.

El príncipe, hechizado por estas palabras y todavía más por el tono con que se habían pronunciado, no sabía cómo expresarle su gozo y su agradecimiento. Le aseguró que la amaba más que a sí mismo. Sus palabras brotaban de sus labios mal hilvanadas, pero por ello gustaron más aún a la princesa: aquella falta de elocuencia era señal de un enorme amor. El príncipe estaba más confuso que ella, y no era de extrañar, ya que la princesa había tenido tiempo para pensar lo que había de decirle. Es también probable (aunque la historia no hable de ello) que el hada bienhechora, durante tan largo intervalo, le hubiese procurado el placer de tener sueños deliciosos. Departieron durante cuatro horas enteras, y todavía no se habían dicho la mitad de las cosas que tenían que comunicarse.

Mientras tanto, el palacio entero se había despertado con la princesa. Cada cual pensaba en cumplir su obligación y, como no todos estaban enamorados, se morían de hambre. La dama de honor, hambrienta como los demás, se impacientó y le dijo en voz alta a la princesa que la mesa estaba servida. El príncipe ayudó a levantarse a la princesa, la cual estaba completa y aún magníficamente vestida, pero se abstuvo de decirle que con la esclavina que vestía iba ataviada como su abuela, aunque no por ello era menos bella.

Pasaron al salón de los espejos, donde cenaron, servidos por los oficiales de la princesa. Los violines y oboes tocaron piezas antiguas, pero excelentes, que llevaban un siglo sin interpretarse. Después de cenar, y sin demora, el limosnero mayor los casó en la capilla del castillo, y la dama de honor les corrió la cortina. Durmieron poco (pues la princesa no tenía demasiada necesidad de ello) y el príncipe la dejó por la mañana para volver a la ciudad, donde su padre debía de estar intranquilo por su ausencia.

El príncipe le dijo que se había perdido mientras cazaba en el bosque y que había dormido en la cabaña de un carbonero, el cual le había dado a comer queso con pan moreno. Su padre, el rey, que era un buenazo, lo creyó, pero su madre no quedó convencida, y al comprobar que casi todos los días iba de caza, y que siempre hallaba alguna razón para disculparse cuando había pasado dos o tres noches fuera, tuvo la absoluta certeza de que tenía algún amor oculto. El príncipe vivió con la princesa más de dos años y tuvo de ella dos hijos: a la primera, una niña, la llamaron Aurora, y al segundo, un niño, le pusieron Día por nombre, porque parecía más hermoso aún que su hermana.

La reina le dijo varias veces a su hijo, para que éste se sincerase con ella, que era necesario acomodarse a las cosas de la vida, pero el príncipe nunca se atrevió a confiarle su secreto. La temía a pesar de quererla, pues era de raza de ogros, y el rey se había casado con ella solamente por sus grandes riquezas. Incluso corrían rumores en la corte de que tenía las aficiones de los ogros y que cuando veía pasar a los niños, le costaba un gran esfuerzo no echárseles encima. Por ello el príncipe no le habló jamás de sus amores.

Pero cuando murió el rey, al cabo de dos años, y él se vio dueño y señor, declaró públicamente su matrimonio y, con gran solemnidad, acudió al castillo a buscar a la reina, su esposa. Ella entró en la capital, en medio de sus dos hijos, entre el entusiasmo del pueblo, que le dispensó una magnífica acogida.

Algún tiempo después, el rey partió a guerrear contra su vecino el emperador Cantalabuta. Le confió la regencia del reino a su madre la reina y le encomendó en gran manera el cuidado de su mujer y de sus hijos mientras él permaneciera en la guerra, que calculó que terminaría a la vuelta del verano. Pero no bien hubo partido, la reina madre envió a su nuera y a los niños a una casa de campo rodeada de bosques, para poder satisfacer con mayor facilidad su horrible deseo.

Unos días después se presentó en la casa, y una tarde le dijo a su mayordomo:

—Mañana para almorzar quiero comerme a la pequeña Aurora.

—¡Ay, señora! —exclamó el mayordomo.

—¡La quiero! —exclamó la reina, y lo hizo con el tono del ogro que desea comer carne fresca—. ¡Me la quiero comer con salsa de tomate!

El pobre hombre, consciente de que no se puede bromear con los ogros, y menos con las hembras, tomó su enorme cuchillo y subió a los aposentos de la pequeña.

Aurora tenía entonces cuatro años y, al verlo, se le echó al cuello entre saltos y risas y le pidió chucherías. El mayordomo se echó a llorar y el cuchillo se le cayó de las manos. Se dirigió al corral y degolló a un corderito, que guisó en una salsa tan excelente que su ama le aseguró no haber comido nunca nada tan rico. Al mismo tiempo, se había llevado a la pequeña Aurora y le había encargado a su mujer que la escondiese en sus aposentos, en el fondo del corral.

Ocho días más tarde, la malvada reina le dijo a su mayordomo:

—Esta noche quiero cenarme al pequeño Día.

El mayordomo no replicó, resuelto a engañarla como la otra vez. Acudió al encuentro del pequeño Día, y lo halló con su florete en la mano, que esgrimía contra un mono gigantesco. No obstante su destreza con las armas, sólo tenía tres años. Se lo llevó a su mujer, quien lo escondió junto con Aurora, y sirvió, en lugar del pequeño Día, un cervatillo muy tierno, que la malvada mujer encontró también excelente.

Hasta ese momento, todo había salido bien, pero una noche la malvada vieja le dijo al mayordomo:

—Quiero comerme a la reina en la misma salsa que sus hijos.

Entonces el pobre mayordomo dudó de si podría engañarla una vez más. La joven reina tenía ya más de veinte años, sin contar los cien que estuvo durmiendo. Su piel era, por tanto, un poco dura, aunque hermosa y blanca. ¿Cómo hallar, pues, en los parques un animal duro como ella? Para salvar la vida, el mayordomo resolvió, pues, matar a la reina y subió a su cuarto, con la intención de acabar lo antes posible. Se infundía ánimos a sí mismo y entró en la habitación de la joven reina con el puñal en la mano. Sin embargo, no quiso matarla por sorpresa y le comunicó con sumo respeto la orden que había recibido de la reina madre.

—Cumplid con vuestro deber —le dijo ella, mientras le tendía la garganta—. Cumplid ya la orden que se os ha dado. Yo iré a reunirme con mis hijos, mis pobres hijos que tanto amé.

Pues los creía muertos desde que se los habían quitado sin explicación.

—No, no, señora —le contestó el pobre mayordomo, conmovido—. No moriréis, y no dejaréis, sin embargo, de reuniros con vuestros queridos hijos, pero lo haréis en mi casa, donde los he escondido, y engañaré una vez más a la reina, a quien le daré de comer una corza en vuestro lugar.

La condujo en seguida a su casa, y mientras la dejaba abrazando a sus hijos y llorando con ellos, se fue a preparar una corza, que la reina madre comió con el mismo placer que si de la joven reina se hubiese tratado. Estaba muy satisfecha de su crueldad y se proponía decirle al rey, cuando éste regresara, que los lobos, furiosos, habían devorado a su esposa la reina y a sus dos hijos.

Una noche, mientras paseaba como de costumbre por los patios y corrales del castillo para oler carne fresca, oyó que, en una habitación de los bajos, el pequeño Día estaba llorando, porque su madre la reina quería mandarlo azotar, por haber sido malo, y oyó también a la pequeña Aurora interceder ante su hermanito.

La malvada mujer reconoció la voz de la reina y de sus hijos y, furiosa por haber sido engañada, con aquella voz espantosa que hacía temblar a todo el mundo, ordenó a la mañana siguiente que pusieran una gran cuba en medio del patio, y la hizo llenar de sapos, víboras, culebras y serpientes, para echar allí a la reina y a sus hijos, al mayordomo, a su mujer y a la sirvienta, a los que había dado orden de traer con las manos atadas a la espalda.

Estaban ya en el patio y los verdugos se disponían a echarlos en la cuba, cuando el rey, a quien no se esperaba todavía, entró a caballo en el patio. Había llegado en coche de posta, y preguntó muy sorprendido qué significaba aquel horrible espectáculo. Nadie se atrevía a explicárselo, cuando la vieja ruin, enfurecida por la presencia del rey, se echó de cabeza en la cuba, y en un instante la devoraron los inmundos animales que allí había mandado poner. El rey no dejó de sentirlo, pues al fin y al cabo era su madre, pero se consoló muy pronto con su hermosa mujer y sus hijos.

MORALEJA

Para tener un esposo
rico, galante y juncal,
esperar con gran paciencia
no es cosa muy de extrañar.
Mas esperarle cien años
y ello durmiendo, además,
no hallaréis ya tal doncella
capaz así de esperar.
También enseña la fábula
que no por mucho tardar
cuando llega es menos dulce
la dulce felicidad.
Mas las doncellas hoy día
tan impacientes están
por ir llevadas del brazo
al resplandeciente altar
que tan cuerda moraleja
no me atrevo a predicar.

CAPERUCITA ROJA

Érase una vez una niña aldeana, la más bonita del mundo. Su madre estaba loca por ella, y su abuela, más loca aún. Esta buena mujer mandó hacerle una caperucita roja. Le sentaba tan bien que en todas partes la llamaban Caperucita Roja.

Un día, su madre coció unas tortas y luego le dijo a la niña:

—Ve a ver cómo se encuentra tu abuela, pues me han dicho que está enferma. Llévale una torta y este tarrito de manteca.

Caperucita Roja fue en seguida a casa de su abuela, que vivía en otro pueblecito. Al pasar por un bosque, se encontró con maese Lobo, el cual sintió vivos deseos de comerla, pero no se atrevió porque en el bosque había unos leñadores.

Le preguntó adónde iba. La pobre niña, que no sabía cuán peligroso es detenerse a hablar con un lobo, le dijo:

—Voy a ver a mi abuela, para llevarle una torta y un tarrito de manteca que mi madre le envía.

—¿Vive muy lejos? —le preguntó el Lobo.

—¡Oh, sí! —respondió Caperucita Roja—. Vive pasado aquel molino que se ve allí abajo, en la primera casa del pueblo.

—Pues bien —repuso el Lobo—, yo también quiero ir a verla. Yo iré por este camino y tú irás por aquel otro. Veremos quién llega antes.

El Lobo echó a correr con todas sus fuerzas por el camino más corto, y la niña se fue por el camino más largo, entreteniéndose en buscar avellanas, en perseguir a las mariposas y en hacer ramitos con las florecillas que encontraba.

El Lobo no tardó en llegar a casa de la abuela. Llegó y llamó a la puerta: «¡Toc, toc!».

—¿Quién es?

—Soy tu nieta, Caperucita Roja —respondió el Lobo simulando su voz—, que te trae una torta y un tarrito de manteca que mi madre te envía.

La buena abuelita, que estaba en cama porque se encontraba enfermita, le gritó:

—Tira de la clavija y caerá el pestillo.

El Lobo tiró de la clavija y la puerta se abrió. Acto seguido se echó sobre la pobre mujer y la devoró en un santiamén, pues llevaba más de tres días sin comer. Cerró luego la puerta y fue a acostarse en la cama de la abuela, donde se dispuso a esperar a Caperucita Roja.

Ésta, al poco rato, llamó a la puerta: «¡Toc, toc!».

—¿Quién es?

Caperucita Roja se asustó al oír el vozarrón del Lobo, pero, pensando que su abuela estaba resfriada, contestó:

—Soy tu nieta, Caperucita Roja, que te trae una torta y un tarrito de manteca que mi madre te envía.

El Lobo le gritó, dulcificando un poco la voz:

—Tira de la clavija y caerá el pestillo.

Caperucita Roja tiró de la clavija y la puerta se abrió.

El Lobo, al verla entrar, le dijo, ocultándose bajo las mantas:

—Pon la torta y el tarrito de manteca encima de la mesa y ven a acostarte conmigo.

Caperucita Roja se desnudó y se dispuso a meterse en la cama, donde le extrañó mucho ver el aspecto que presentaba su abuela en camisón.

—Abuelita —le dijo—, ¡qué brazos tan grandes tienes!

—Son para abrazarte mejor, hija mía.

—Abuelita, ¡qué piernas tan largas tienes!

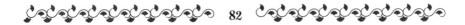

—Son para correr mejor, hija mía.

—Abuelita, ¡qué orejas tan grandes tienes!

—Son para oír mejor, hija mía.

—Abuelita, ¡qué ojos tan grandes tienes!

—Son para ver mejor, hija mía.

—Abuelita, ¡qué dientes tan grandes tienes!

—Son para comerte mejor.

Y al decir esto el Lobo maldito se arrojó sobre Caperucita Roja y se la comió.

MORALEJA

Niños y niñas, dulces cual amables:
debéis guardaros de prestar oídos
a cierta clase de gentes,
si no queréis del lobo ser comidos.
Y digo lobo, mas no son iguales
todos los lobos malditos:
los hay bellos y corteses
que, sin hiel y sin ruido,
mansos y muy complacientes,
siguen a los tiernos niños
por las rutas y las calles,
y hasta las casas llegan, atrevidos.
¡Ay! ¿Quién no sabe que los mansos
lobos son los peores
de todos?

BARBA AZUL

Érase una vez un hombre que poseía hermosas casas en la ciudad y en el campo, vajillas de plata y oro, lujosos muebles y carrozas doradas, pero, por desgracia, este hombre tenía la barba azul, y ello le daba un aspecto tan desagradable y espantoso que no había mujer ni doncella que no huyese de él en cuanto lo veía.

Una de las vecinas, dama de alto rango, tenía dos hijas muy hermosas. Este hombre le pidió la mano de una de ellas, y le dejó elegir la que prefiriese darle. Ninguna de las dos lo aceptaba por esposo, y se lo cedían una a otra, pues no se atrevían a casarse con un hombre de barba azul. Lo que las asustaba también era que había tenido ya varias mujeres y no se sabía qué había sido de ellas.

Barba Azul, para así darse a conocer mejor, las llevó con su madre, tres o cuatro de sus amigas más cercanas y unos cuantos jóvenes de la vecindad a una de sus casas de campo, en la que todos permanecieron durante una semana entera. Todo eran paseos, partidas de caza y de pesca, danzas, festines y refrigerios. No durmieron apenas, y se pasaban las noches enteras con juegos y bromas. En fin, salió todo tan bien que a la menor de las hermanas empezó a parecerle que el dueño de la casa no tenía la barba tan azul y que era un hombre bastante simpático. La boda se celebró a su regreso a la ciudad.

Al cabo de un mes, Barba Azul le dijo a su mujer que tenía que realizar un viaje a provincias que duraría por lo menos seis semanas, por un negocio de importancia. Le rogó que se divirtiera mucho durante su ausencia y que invitase a sus amigas y las llevase al campo si quería, donde podría obsequiarlas con una buena mesa.

—Aquí tienes —le dijo— las llaves de los dos grandes guardamuebles. Éstas son las de la vajilla de oro y plata, que sólo se utiliza en casos excepcionales. Éstas son las de los cofres donde tengo el oro y la plata, y las de las arquetas donde guardo mis piedras preciosas. Y ésta es la que abre todas mis habitaciones. En cuanto a esta llavecita, es la del gabinete que hay al final de la gran galería del piso bajo. Ábrelo todo y pasea libremente por donde quieras. Pero, en cuanto al gabinete, te prohíbo que entres en él, y de tal modo te lo prohíbo que, si se te ocurre abrirlo, ten por seguro que toda mi cólera caerá sobre ti.

Ella prometió cumplir exactamente lo que le había mandado, y Barba Azul, después de besarla, subió a su coche y partió de viaje.

Las vecinas y las amigas no esperaron a que las invitasen para presentarse en casa de la recién casada, tan impacientes estaban por ver todas las riquezas de la mansión, pues no se habían atrevido a ir en presencia del esposo, a causa de su barza azul, que les daba miedo. Así pues, ahí estaban, recorriendo los cuartos, los gabinetes, los guardarropas y las habitaciones, todas a cuál más hermosa y más ricamente adornada.

Subieron luego a los guardamuebles, donde no se cansaban de admirar la profusión y belleza de las tapicerías, de las camas, de los sofás, de los tocadores, de las mesas y de los espejos donde podían mirarse de pies a cabeza, y cuyos marcos, de cristal unos, de plata otros, o de plata sobredorada, eran los más hermosos y magníficos que habían visto en la vida. No cesaban de alabar y envidiar la felicidad de su amiga. No obstante, ella ya no hallaba ningún goce en contemplar aquellas riquezas, pues se había apoderado de ella el deseo de abrir el gabinete del piso bajo y se sentía impaciente por verlo.

Tanto le aguijoneaba la curiosidad que, sin pensar en lo desatento por su parte que sería dejar a sus amigas, bajó al otro piso por una escalera de servicio, y lo hizo de manera tan precipitada que dos o tres veces estuvo a punto de partirse la crisma. Llegada a la puerta del gabinete se detuvo un momento, pensando en la prohibición de su marido y en que quizá podría pagar cara su desobediencia, pero la tentación era tan fuerte que no la pudo vencer. Tomó, pues, la llavecita y abrió temblando la puerta del gabinete.

De momento, no vio nada, pues estaban cerradas las ventanas. Al cabo de unos minutos empezó a ver que el suelo estaba cubierto de sangre coagulada y que, en esa sangre, como en un espejo, se reflejaban los cuerpos de varias muertas colgadas en las paredes. Eran todas las mujeres que se habían casado con Barba Azul y a quienes él había ido degollando una tras otra. La mujer creyó morir de miedo, y la llave del gabinete, que acababa de sacar de la cerradura, se le cayó de las manos.

En cuanto se hubo repuesto un poco, tomó la llave, cerró de nuevo la puerta y subió a su habitación para recobrarse, pero estaba tan trastornada que no lo consiguió por más que lo intentó.

Notó que la llave del gabinete se había manchado de sangre. La secó dos o tres veces, pero la sangre no desaparecía. La limpió, la frotó incluso con arena. Todo fue en vano, pues la llave estaba encantada y no había manera de limpiarla del todo: cuando se quitaba la sangre de un lado, reaparecía por otro.

Barba Azul volvió de su viaje esa misma noche y dijo que por el camino había recibido ciertas cartas, en las que se le notificaba que el asunto por el cual había tenido que partir estaba resuelto a su favor. Su mujer hizo cuanto pudo por demostrarle su alegría por su pronto regreso.

Al día siguiente, su esposo le pidió las llaves y ella se las devolvió, pero con mano tan temblorosa que él adivinó sin más cuanto había sucedido.

—¿Por qué —le preguntó— no está con las demás la llave del gabinete?

—La habré olvidado allí arriba, encima de mi mesa —contestó ella.

—Que no se te olvide —repuso Barba Azul— dármela cuanto antes.

Después de varias dilaciones tuvo que llevarle la llave. Barba Azul la examinó con cuidado y le dijo a su mujer:

—¿Por qué está manchada de sangre?

—No lo sé —contestó la pobre mujer, más pálida que la muerte.

—No, tú no lo sabes —repuso Barba Azul—. Yo, en cambio, sí lo sé: porque has querido entrar en el gabinete. Pues bien, señora, podrás entrar en él y ocupar tu lugar entre las damas que allí has visto.

La pobre mujer se arrojó a los pies de su marido, llorando y pidiéndole perdón, expresando un sincero arrepentimiento por no haberlo obedecido. Una roca se habría enternecido al verla tan hermosa y afligida, pero Barba Azul tenía el corazón más duro que una roca.

—Es preciso morir, señora —le dijo—, y de inmediato.

—Ya que debo morir —repuso ella, mirándolo con los ojos bañados en llanto—, concédeme unos momentos para encomendarme a Dios.

—Te doy la mitad de un cuarto de hora —repuso Barba Azul—, ni un solo minuto más.

Cuando la mujer se quedó sola, llamó a su hermana y le dijo:

—Ana, hermana mía —pues así se llamaba—, te lo suplico: sube a lo alto de la torre para ver si llegan mis hermanos. Me prometieron que vendrían hoy a verme. Si los ves, hazles señas para que se apresuren.

Ana subió a lo alto de la torre, y la desgraciada mujer le gritaba de vez en cuando:

—Ana —pues así se llamaba—, hermana mía, ¿no ves nada en el camino?

Y la hermana le respondía:

—No veo más que el sol resplandeciente y la hierba reluciente.

Y entonces Barba Azul, armado de un gran cuchillo, gritó con todas sus fuerzas:

—Baja en seguida, si no quieres que suba.

—Un momento, por favor —le contestó su mujer, y en seguida dijo en voz baja—: Ana, hermana Ana, ¿no ves nada en el camino?

Y la hermana respondió:

—No veo más que el sol resplandeciente y la hierba reluciente.

—Baja ya en seguida —gritó Barba Azul—, si no quieres que suba.

—Ya bajo —contestó su mujer. Y luego añadió—: Ana, hermana Ana, ¿no ves nada en el camino?

—Veo —contestó Ana— una gran polvareda que se está acercando por aquel lado...

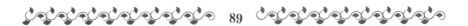

—¿Son mis hermanos?

—¡Ay! No, hermana mía: es un rebaño de carneros.

—¿No quieres bajar? —gritó Barba Azul.

—Un minuto, nada más —contestó su mujer. Y entonces dijo—: Ana, hermana Ana, ¿no ves nada en el camino?

—Veo —contestó Ana— a dos jinetes que vienen por este lado, pero están todavía muy lejos. ¡Alabado sea Dios! —exclamó al cabo de un instante—. Son mis hermanos. Les haré señas con todas mis fuerzas para que se den prisa.

Barba Azul se puso a gritar tan fuerte que la casa entera retembló. Bajó la pobre mujer, dispuesta a echarse a sus pies, llorosa y desmelenada.

—Nada de esto te servirá —sentenció Barba Azul—. Tienes que morir.

La asió por los cabellos con una mano y alzó el cuchillo con la otra, dispuesto a cortarle la cabeza. La pobre mujer, volviendo hacia él los ojos desfallecientes, le suplicó un minuto más para retirarse a rezar.

—No, no —dijo él—, encomiéndate a Dios.

Y levantando el brazo...

En aquel momento llamaron a la puerta con tal fuerza que Barba Azul se detuvo. Abrieron, y entraron dos caballeros que, echando mano a la espada, se lanzaron hacia Barba Azul.

Éste reconoció en seguida que eran los hermanos de su mujer, dragón el uno y mosquetero el otro, y huyó para salvarse, pero los dos hermanos lo persiguieron tan de cerca que le dieron alcance antes de que pudiera llegar a la escalinata del jardín, donde lo ensartaron con sus espadas y lo dejaron muerto. La pobre mujer estaba casi tan muerta como su marido, y ni fuerzas tenía para levantarse y abrazar a sus hermanos.

Resultó luego que Barba Azul no tenía ningún heredero, de modo que su mujer quedó dueña de todos sus bienes y posesiones. Empleó una parte de éstos en casar a su hermana Ana con un joven hidalgo que la amaba desde hacía mucho tiempo; empleó otra en comprar plazas de capitán para sus dos hermanos, y el resto en casarse con un hombre muy honrado y juicioso, que, por fortuna, le hizo olvidar los malos ratos que había pasado con Barba Azul.

Moraleja

Es la curiosidad
causa a menudo de arrepentimiento:
en esta Barba Azul puedes hallar,
doncella, buen ejemplo;
y aunque mujer al fin
piensa que es tan ligero
ese placer que apenas se ha gustado,
se esfuma su dulzor y sabe a amargo.

Otra moraleja

Lector, a poco sensato
y juicioso que seas, comprenderás
que esta historia
no es más que cuento de viejas.
Ya no hay esposos terribles
con extrañas exigencias,
y, aunque raros y gruñones,
cuando a su mujer se acercan
son mansos como corderos
y dulces cual ovejuelas.
Y es difícil saber allí quién manda
tenga la barba azul, rojiza o negra.

MAESE GATO O EL GATO CON BOTAS

Un molinero dejó por toda herencia a sus tres hijos su molino, su asno y su gato. La partición fue cosa fácil, y no hizo falta llamar a ningún notario ni procurador, pues con ello habrían dilapidado el escaso patrimonio. El hermano mayor se quedó con el molino; el segundo, con el asno, y el tercero, con el gato.

El menor de los dos hermanos no podía consolarse por haber recibido tan pobre herencia.

—Mis hermanos —decía— podrán ganarse honradamente la vida trabajando juntos, pero yo, una vez me haya comido el gato y me haya hecho un manguito con su piel, tendré que morirme de hambre.

El gato, que escuchaba este razonamiento sin darlo a entender, le habló en tono serio y reposado:

—No os aflijáis, mi amo. Basta con que me deis un saco y me encarguéis un par de botas para caminar por la maleza, y veréis cómo no os ha correspondido la peor parte.

Aunque el dueño del gato no confiase demasiado en él, sin embargo, le había visto desarrollar tantas habilidades increíbles e inventar tales ardides para cazar ratas y ratones —como colgarse de las patas y esconderse en la harina haciéndose el muerto— que no dudó de que le ayudaría a salir de su miseria.

Cuando el gato consiguió lo que había pedido, se calzó las botas con elegancia y, echándose el saco al hombro, tomó los cordones y se fue a un coto donde había gran cantidad de conejos. Puso hierbas y cereales en el saco y, haciéndose el muerto, esperó que algún gazapo joven e inexperto se metiera en el saco para comer lo que en él había puesto.

Aún no había terminado de tumbarse cuando su trampa surtió efecto: un imprudente gazapo se había metido en el saco, y maese Gato tiró de los cordones, lo atrapó y lo mató sin compasión.

Muy ufano con su presa, se dirigió a palacio y pidió recepción con el rey. Lo hicieron subir a la habitación del monarca, a quien le hizo una profunda reverencia al entrar, mientras se dirigía a él en los siguientes términos:

—Aquí os ofrezco, señor, un conejo de monte que el señor marqués de Carabás —ése era el nombre que se le antojó dar a su amo— me ha encargado que os ofrezca de su parte.

—Dile a tu amo —contestó el rey— que le doy las gracias y que su presente me place en gran manera.

Se escondió de nuevo en los trigales, siempre con el saco abierto. Cuando hubieron entrado en él dos perdices, tiró de los cordones y las atrapó. Fue en seguida a ofrecérselas al rey, como había hecho con el conejo de monte. El rey complacido las recibió y mandó que le diesen una recompensa.

Durante los siguientes dos o tres meses, el gato siguió llevándole de tanto en tanto al rey las piezas que, según decía, había cazado su amo el marqués. Un día se enteró de que el rey iría a pasear a orillas del río con su hija, que era la princesa más hermosa del mundo, y le dijo a su amo:

—Si queréis seguir mis consejos, vuestra fortuna está hecha. No tenéis más que bañaros en el río, donde yo os indique, y luego dejarme hacer a mí.

El supuesto marqués de Carabás hizo lo que su gato le aconsejaba, sin saber de qué le serviría. Mientras estaba bañándose, acertó a pasar el rey, y el gato se puso a gritar con todas sus fuerzas:

—¡Socorro, socorro, el señor marqués de Carabás se está ahogando!

Al oír los gritos, miró el rey por la portezuela y, reconociendo al gato que le había llevado caza tantas veces, ordenó a sus guardias que acudieran en auxilio del señor marqués de Carabás.

Mientras sacaban del río al marqués, el gato se acercó a la carroza y le dijo al rey que, mientras su amo se estaba bañando, unos ladrones le habían quitado el vestido, a pesar de que él había gritado «¡Al ladrón!» con todas sus fuerzas. El muy tuno lo había escondido debajo de una enorme piedra.

El rey ordenó en seguida a los oficiales de su guardarropa que fueran a buscar uno de sus trajes más hermosos para el señor marqués de Carabás.

Su majestad lo colmó de halagos, y como el rico vestido que acababan de darle realzaba su buena figura (pues el molinero era guapo y buen mozo), la hija del rey lo encontró de su agrado y, en cuanto el señor marqués le dirigió dos o tres miradas tiernas, aunque respetuosas, se enamoró locamente de él.

El rey se empeñó en que subiera a la carroza para llevarlos de paseo. El gato, encantado al ver el éxito de sus planes, tomó la delantera. Encontró a unos campesinos que estaban cortando la hierba de un prado y les dijo:

—Buenas gentes que estáis cortando hierba, si no le decís al rey que este prado pertenece al marqués de Carabás, os matarán y os harán picadillo. Lo sé de buena tinta.

El rey no dejó de preguntar a los trabajadores de quién era el prado cuya hierba cortaban.

—Es del señor marqués de Carabás —contestaron todos a la vez, amenaza del gato los había atemorizado.

—Hermosa heredad tenéis ahí —le dijo el rey al marqués de Carabás.

—Bien lo veis, señor —respondió el marqués—. Este prado me da todos los años un buen rendimiento. Maese Gato, que iba siempre por delante de la comitiva, encontró a unos segadores y les dijo:

—Buenas gentes que segáis, si no decís que ese trigal pertenece al señor marqués de Carabás os matarán y os harán picadillo.

El rey, que pasó al cabo de un rato, quiso saber a quién pertenecían aquellos trigales que veía.

—Son del señor marqués de Carabás —contestaron los segadores, y de nuevo el rey lo celebró con el marqués. El gato, que iba delante de la carroza, decía siempre lo mismo a todos quienes se encontraba; y el rey estaba asombrado de las inmensas riquezas que poseía el marqués de Carabás.

Maese Gato llegó por fin a un hermoso castillo cuyo dueño era un ogro, y era el más rico que pudo verse jamás, pues todas las tierras que había cruzado el rey dependían de ese castillo. El gato, que había procurado informarse de quién era el ogro y de sus habilidades, solicitó hablar con él, diciéndole que no quería pasar tan cerca de su castillo sin tener el honor de presentarle sus respetos.

El ogro lo recibió con toda la cortesía de que es capaz un ogro y lo invitó a sentarse.

—Me han asegurado —dijo el gato— que poseéis el don de transformaros en toda clase de animales; que podéis, por ejemplo, convertiros en león o en elefante. ¿Es verdad?

—Es verdad —contestó bruscamente el ogro—, y, para demostrároslo, veréis cómo me convierto en león.

El gato sintió tanto terror al ver un león que se encaramó hasta el tejado, no sin peligro a causa de sus botas, que no valían para andar por las tejas.

Pasados unos momentos, se percató de que el ogro había recobrado su primitiva forma, de modo que bajó y confesó que se había asustado mucho.

—Me han asegurado también —dijo el gato—, pero eso no puedo yo creerlo, que poseéis asimismo la facultad de tomar la forma de los más pequeños animales, por ejemplo, de una rata o de un ratón, pero os confieso que eso me parece por completo imposible.

—¿Imposible? —replicó el ogro—. Ahora veréis.

Y acto seguido se convirtió en un ratón que echó a correr por el suelo. En cuanto el gato vio al ratón, se arrojó sobre él y se lo comió.

Mientras tanto, el rey, que vio al pasar el hermoso castillo del ogro, quiso entrar en él. Al oír el gato el ruido de la carroza que cruzaba el puente levadizo, acudió a su encuentro y dijo al rey:

—Sea bienvenida vuestra majestad al castillo del marqués de Carabás.

—¡Cómo, señor marqués! —exclamó el rey—. ¿También es vuestro este castillo? Sin duda, no se hallaría nada más hermoso que este patio y cuantos edificios lo rodean. Veamos ahora el interior, si os place.

El marqués le dio la mano a la joven princesa y, siguiendo al rey, que subía al frente de todos, entraron en un gran salón donde estaba servido un espléndido festín. El ogro lo había mandado preparar para unos amigos que debían ir a verlo aquel día, pero que no se habían atrevido a entrar al saber que estaba allí el rey.

Éste, encantado de las excelentes cualidades del marqués de Carabás, lo mismo que su hija, que estaba locamente enamorada de él, y viendo las grandes riquezas que poseía, le dijo, después de beber cinco o seis tragos:

—Sólo depende de vos, señor marqués, el que seáis mi yerno.

El marqués, haciendo una profunda reverencia, aceptó el honor que el rey le otorgaba, y antes de que anocheciera se casó con la princesa.

El gato se convirtió en un gran señor, y si a veces corría aún detrás de los ratones, era tan sólo por divertirse.

MORALEJA

Aunque ventajosos
bienes heredamos
por suerte venidos
de padres y abuelos,
comúnmente al joven
industria y talento
al éxito llevan
mejor que el dinero.

OTRA MORALEJA

Si un molinerito
con tanta presteza
sabe enamorar
a una alta princesa,
cuyos dulces ojos
bellos cual estrellas, lánguidos lo siguen
y nunca le dejan,
mucho debe al traje,
la buena presencia
y la gallardía
de una gran belleza.

LAS HADAS

Érase una vez una viuda que tenía dos hijas. La mayor se le parecía tanto en el carácter y las facciones que quien la veía a ella veía a la madre. Ambas eran tan antipáticas y orgullosas que nadie podía vivir con ellas. La hermana menor, que era el verdadero retrato del padre por su dulzura y por su bondad, era además una de las muchachas más bonitas del mundo. Como naturalmente cada cual ama a quien se le parece, la madre estaba loca por su hija mayor y al mismo tiempo sentía una profunda aversión hacia la más pequeña. Le mandaba comer en la cocina y trabajar sin descansar un minuto.

Entre otras cosas, la pobre niña tenía que ir dos veces al día a por agua a más de media legua de la casa y volver con un gran cántaro lleno. Un día, cuando estaba en la fuente, se le acercó una pobre vieja y le pidió algo de beber.

—En seguidita, abuela —dijo la hermosa niña, y limpiando el cántaro sacó agua en la parte más limpia de la fuente y se la ofreció, sosteniendo el cántaro para que la mujer bebiese con más comodidad.

La buena mujer, una vez hubo bebido, le dijo:

—Eres tan hermosa, tan buena y tan amable que no puedo dejar de concederte un don. —Pues la mujer era un hada que había tomado el aspecto de una pobre campesina para comprobar hasta dónde llegaba la amabilidad

de la joven—. Te concedo por don —prosiguió el hada— que a cada palabra que pronuncies te salgan de la boca una flor o una piedra preciosa.

Cuando la niña volvió a casa, su madre la riñó por tardar tanto en regresar de la fuente.

—Madre mía —dijo la pobre niña—, os pido perdón por haber tardado.

Y al decir estas palabras le salieron de la boca dos rosas, dos perlas y dos grandes diamantes.

—¿Qué veo? —dijo su madre, sorprendida—. Me parece que le salen de la boca perlas y diamantes. ¿Cómo es esto, hija mía?

(Y ésa fue la primera vez que la llamaba hija.)

La pobre niña le contó ingenuamente lo sucedido, no sin arrojar, mientras hablaba, gran número de flores y diamantes.

—En verdad —dijo la madre—, es necesario que envíe allí a mi hija. Mira, Paquita, mira lo que tu hermana echa por la boca cuando habla. ¿No te gustaría poseer el mismo don? No tienes más que ir a la fuente a sacar agua, y cuando una pobre vieja te pida de beber, dásela con amabilidad.

—¡Sí, en eso estaba yo pensando! —contestó la grosera—. ¡En ir a la fuente!

—Quiero que vayas, y ahora mismo— repuso la madre.

Muy a su pesar, la niña fue, sin dejar de gruñir un solo momento.

Tomó para el agua el más hermoso jarro de plata que en la casa halló. No bien hubo llegado a la fuente, vio salir del bosque a una dama lujosamente engalanada que se acercó a pedirle de beber. Era la misma hada que se apareció a su hermana, pero había tomado el aspecto y los atavíos de una princesa, para ver hasta dónde llegaría la descortesía de la muchacha.

—¿Creéis que he venido aquí —le contestó la orgullosa— para daros de beber? ¿Y que he traído ex profeso un jarro de plata para dar de beber a la señora? ¡En eso estaba yo pensando! ¡Si tenéis sed, bebed de la misma fuente!

—En verdad, no eres nada amable—repuso el hada, sin alterarse lo más mínimo—. Pues bien, ya que eres tan poco servicial, te concedo por don que, a cada palabra que digas, te salga de los labios un sapo o una culebra.

Su madre, al verla, le gritó en seguida:

—¿Qué hay, hija mía?

—¿Pues qué hay, madre? —le contestó la grosera, echando por la boca dos culebras y dos sapos.

—¡Cielos! —exclamó la madre—. ¿Qué veo? Su hermana tiene la culpa. ¡Me las va a pagar todas!

Y corrió en seguida para azotarla. La pobre niña huyó y fue a esconderse en el bosque cercano.

El hijo del rey, que volvía de la caza, la encontró, y al verla tan hermosa le preguntó qué hacía allí, tan sola, y por qué lloraba.

—¡Ay, señor!, es que mi madre me ha echado de casa.

El hijo del rey, que vio salir de su boca cinco o seis perlas y otros tantos diamantes, le preguntó de dónde le venía ese don. Ella le contó su aventura. El hijo del rey se enamoró de la muchacha, y reflexionando que su don valía mucho más de lo que otra pudiera aportar en dote, la llevó al palacio del rey, su padre, y se casó con ella.

En cuanto a su hermana, se hizo odiar tanto que su propia madre la echó de casa; y la desgraciada, después de haber vagado por todas partes sin hallar a nadie que quisiera cobijarla, fue a morir en el fondo de un bosque.

Moraleja

Diamantes y pistolas
nos pueden convencer;
con todo, la dulzura
es de más precio y de mayor poder.

Otra moraleja

Cuesta ser amable
y hay que cultivar
con grande cuidado
esta cualidad;
mas, tarde o temprano,
siempre suele hallar
feliz recompensa
tan loable afán,
cuando muchas veces
no se espera ya.

CENICIENTA O EL ZAPATITO DE CRISTAL

Érase una vez un hidalgo que se casó en segundas nupcias con la mujer más antipática y orgullosa que han visto los tiempos. Tenía ésta dos hijas con su mismo carácter y que se le parecían en todo. El marido tenía, por su parte, una hija todavía joven, pero de una dulzura y bondad sin par. Las había heredado de su madre, que había sido la persona más buena del mundo.

En cuanto se hubieron celebrado las bodas, la madrastra dio rienda suelta a su mal humor, pues no podía soportar las cualidades de la jovenzuela, que hacían más odiosas aún a sus hijas. Le encomendó las tareas más ingratas de la casa. Ella era quien limpiaba la vajilla y quien fregaba la escalera, la habitación de la dama y las de las doncellas, sus hijas. Dormía en un desván, en lo alto de la casa, sobre un mal jergón, en tanto que sus hermanastras se acostaban en habitaciones entarimadas, en las que había camas a la última moda y unos espejos donde podían mirarse de pies a cabeza. La pobre muchacha lo soportaba todo con paciencia, y no se atrevía a quejarse de ello a su padre: la habría reñido por ello, pues su mujer lo dominaba por completo.

Cuando terminaba el trabajo, iba a sentarse en un rincón del hogar, casi sobre las cenizas. Por ese motivo, en la casa la llamaban la Tiznada, pero la pequeña, que no era tan mala como la mayor, la llamaba Cenicienta.

Incluso con sus vestidos andrajosos, Cenicienta era mil veces más bonita que sus hermanastras, aun cuando éstas iban ataviadas espléndidamente.

Y entonces el hijo del rey organizó un baile e invitó a él a todas las gentes distinguidas. A nuestras dos doncellas las invitaron también, pues eran figuras prominentes del país.

Y allí estaban, muy ufanas y muy atareadas escogiendo los vestidos y los tocados que les fueran mejor. A Cenicienta se le acumulaba el trabajo, pues era ella quien planchaba la ropa de sus hermanastras y quien almidonaba los puños. En la casa sólo se hablaba de cómo se vestirían al día siguiente.

—Yo —dijo la mayor— me pondré mi vestido de terciopelo encarnado y mis blondas de Inglaterra.

—Yo —dijo la pequeña— me pondré sólo algo sencillo, pero también mi capa bordada de flores de oro y mi adorno de brillantes, que es una verdadera rareza.

Avisaron a la mejor peluquera para componer sus tocados con dos hileras de bucles e hicieron comprar lunares en la mercería más afamada. Llamaron a Cenicienta para pedirle su opinión, pues sabían que tenía buen gusto. Cenicienta les aconsejó lo mejor que pudo y hasta se ofreció para peinarlas, a lo que ellas accedieron gustosas.

Mientras las peinaba, le decían:

—Cenicienta, ¿te gustaría mucho ir al baile?

—Os burláis de mí, señoritas. Los bailes no se han hecho para mí.

—Tienes razón. ¡Cómo se reiría todo el mundo viendo a alguien tan andrajosa ir al baile!

Cualquiera que no hubiese sido Cenicienta le habría hecho a propósito un peinado desastroso, pero ella era buena y lo hizo a la perfección. Estaban tan entusiasmadas que se pasaron casi dos días sin comer. Rompieron más de una docena de cordones de tanto como se apretaron el corsé para ceñir bien el talle, y se pasaban el día entero delante del espejo.

Por fin llegó el instante feliz. Se marcharon al baile, y Cenicienta las siguió con la mirada mientras pudo. Cuando las perdió de vista, se echó a llorar. Su madrina, que la vio bañada en lágrimas, le preguntó qué le sucedía.

—Yo quisiera..., yo quisiera...

Lloraba tanto que no podía terminar.

Su madrina, que era un hada, le dijo:

—Lo que tú querrías es ir al baile, ¿no es verdad?

—Sí, es verdad —reconoció Cenicienta, con un suspiro.

—Vamos, pues. Si te portas bien, conseguiré que vayas al baile.

La condujo a su habitación y le dijo:

—Ve al huerto y tráeme una calabaza.

Cenicienta fue en seguida a buscar la más hermosa que pudo encontrar y se la llevó a su madrina, incapaz de adivinar cómo podría esa calabaza hacer que ella fuese al baile. Su madrina vació la calabaza, y cuando ya sólo quedó la corteza, le dio un golpecito con su varita mágica y quedó convertida en una hermosa carroza dorada.

Luego miró en la ratonera y allí encontró seis ratones todavía vivos. Le dijo a Cenicienta que levantase un poco la trampa de la ratonera, y a cada ratón que salía lo tocaba con su varita, y el ratón quedaba convertido en un hermoso caballo, con lo que se formó en el acto un precioso tiro de seis caballos tordos.

La madrina no dejaba de pensar de dónde sacaría el cochero.

—Voy a ver —dijo Cenicienta— si encuentro una rata en la ratonera, y lo haremos con ella.

—Tienes razón —dijo la madrina—. Ve a ver.

Cenicienta le llevó la ratonera, en la cual había tres ratas de gran tamaño. El hada escogió una que ostentaba una magnífica barba y, después de tocarla con su varita, la convirtió en un cochero que llevaba el par de bigotes más hermoso que se haya visto nunca.

Acto seguido, le dijo a Cenicienta:

—Ve al huerto. Encontrarás allí seis lagartijas detrás de la regadera. Tráelas.

Nada más llevárselas, la madrina las convirtió en seis apuestos lacayos, que subieron al punto detrás de la carroza, y, con sus trajes recamados, se estaban allí quietos, como si no hubieran hecho otra cosa en su vida.

El hada le dijo entonces a Cenicienta:

—Vamos, pues. Ya tienes con qué ir al baile. ¿Estás contenta?

—Sí, pero ¿voy a ir así, con mis feos vestidos?

La madrina se limitó a tocarla con su varita, y al instante los vestidos se convirtieron en hermosas ropas de oro y plata recamadas de pedrería. Después le dio un par de zapatitos de cristal, que eran los más bonitos del mundo. Cuando estuvo así ataviada, Cenicienta subió a la carroza. Su madrina le recomendó encarecidamente que regresara antes de la medianoche. Le advirtió que, si permanecía en el baile un solo instante más, su carroza volvería a ser una calabaza; sus caballos, ratones; sus lacayos, lagartijas, y sus viejas ropas recobrarían su primitivo aspecto.

Cenicienta le prometió a su madrina que no se olvidaría de abandonar el baile antes de la medianoche. Y se marchó, fuera de sí por la alegría.

El hijo del rey, a quien avisaron de que había llegado una gran princesa desconocida, corrió a recibirla. Le dio la mano al bajar de la carroza y la llevó al salón donde se hallaban los cortesanos. Se hizo entonces un profundo silencio. Todo el mundo dejó de bailar y los violines enmudecieron, pues nadie quería perder detalle de la gran belleza de la desconocida. Por todas partes se oía sólo un confuso murmullo:

—¡Qué hermosa es!

El mismo rey, viejo como era, no se cansaba de mirarla, y le decía en voz baja a la reina que apenas recordaba haber visto una criatura tan hermosa y amable. Todas las damas estaban absortas mirando su tocado y su vestido, para buscar algunos que se les pareciesen al día siguiente, suponiendo que hallasen telas tan preciosas y artífices tan hábiles.

El hijo del rey la colocó en el sitio más eminente y luego la sacó a bailar. Bailó ella con tanta gracia y donaire que todos la observaron aún más admirados. Llevaron un excelente refresco, que el joven príncipe no probó, ¡tan ocupado estaba en mirar a Cenicienta! Ésta se sentó al lado de sus hermanastras y las obsequió espléndidamente, dándoles a probar las naranjadas y limonadas que el príncipe le había ofrecido, lo cual las sorprendió enormemente, pues no la reconocían.

Cuando estaban conversando, Cenicienta oyó tocar las doce menos cuarto. Hizo en seguida una profunda reverencia a los concurrentes y abandonó el palacio tan aprisa como pudo. Apenas hubo llegado a casa, acudió a buscar a su madrina y, después de haberle expresado su gratitud, le dijo que le gustaría mucho volver al baile el día siguiente, porque el hijo del rey la había invitado. Mientras estaba refiriéndole a su madrina los pormenores de la fiesta, llamaron las dos hermanastras a la puerta. Cenicienta les abrió.

—¡Cuánto habéis tardado en volver! —les dijo, bostezando, frotándose los ojos y desperezándose como si acabara de despertarse. Pero apenas había tenido ganas de dormir desde que ellas se fueran.

—Si hubieses ido al baile —dijo una de sus hermanas— no te habrías aburrido. Hemos visto allí a la princesa más hermosa del mundo. Nos ha hablado con gran cortesía y nos ha obsequiado con naranjadas y limonadas.

Cenicienta no cabía en sí de gozo. Les preguntó cómo se llamaba la princesa, pero ellas le contestaron que nadie la conocía, que el hijo del rey estaba muy apenado por eso y que daría todas sus riquezas por saber su nombre. Cenicienta sonrió y les dijo:

—¿Era muy hermosa, pues? ¡Dios mío, cuán afortunadas sois! ¿No podría yo verla? ¡Oh, señorita Rosita, prestadme el vestido amarillo que os ponéis a diario!

—Sí, en verdad —respondió Rosita—, ¡en eso estaba pensando! ¡Prestar mi vestido a una andrajosa como tú! ¡Ni que estuviera loca de remate!

Cenicienta contaba ya con la negativa, y se alegró de ella, pues se habría visto en un gran apuro si su hermanastra hubiese accedido a prestarle su traje.

Al día siguiente, las dos hermanas fueron al baile, y también fue Cenicienta, pero todavía más lujosamente engalanada que la primera vez. El hijo del rey no se apartó de su lado y le hablaba sin cesar con dulces palabras. Cenicienta era tan feliz que se olvidó de las recomendaciones de su madrina. Así pues, oyó la primera campanada de la medianoche cuando no creía que fuesen las once todavía. Entonces se levantó y huyó a toda prisa, tan ligera como un cervatillo. El príncipe la siguió, pero no pudo alcanzarla. Con las prisas se le había caído uno de sus zapatitos de cristal, que el príncipe tomó con gran cuidado. Cenicienta llegó a su casa sin aliento, sin carroza, sin lacayos y con su feo vestido. De su magnificencia sólo le quedaba uno de sus zapatitos, el compañero del que se había perdido.

Preguntaron a los guardias de palacio si habían visto salir a una princesa. Respondieron que sólo habían visto salir a una muchacha muy mal vestida y que parecía más bien una lugareña que una gran señora.

Cuando las dos hermanastras volvieron del baile, Cenicienta les preguntó si se habían divertido mucho y si la belleza había ido también. Le dijeron que sí, pero que había huido al dar las doce, y tan deprisa que se le había caído uno de sus zapatitos de cristal, el más bonito del mundo; que el hijo del rey lo había guardado; que durante el resto del baile no había hecho más que contemplarlo, y que, sin duda, debía de estar locamente enamorado de la hermosa persona a quien pertenecía aquel zapatito.

Y no mentían, pues, pocos días después, el hijo del rey mandó pregonar a son de trompeta que se casaría con la doncella cuyo pie se adaptase exactamente al zapatito.

Se empezó por probárselo a las princesas, luego a las duquesas y a todas las doncellas de la corte, sin resultado alguno. Llevaron el zapatito a casa de las dos hermanas, las cuales hicieron lo imposible para calzárselo. Todo fue inútil. Cenicienta, que las estaba mirando y que reconoció su zapatito, dijo riendo:

—¡Dejad que pruebe, a ver si me está bien a mí!

Sus hermanastras se echaron a reír y burlarse de ella. El gentilhombre encargado de probar el zapatito miró a Cenicienta con detenimiento y, como la encontró muy hermosa, dijo que tenía razón, y que él había recibido la orden de probárselo a todas las muchachas. Hizo que Cenicienta se sentara, y, acercando el zapatito a su diminuto pie, vio que le calzaba sin dificultad y que se ajustaba a su pie como si fuese de cera. Las dos hermanas se llevaron una sorpresa mayúscula, pero ésta creció aún más cuando Cenicienta se sacó del bolsillo el otro zapatito y se lo puso también. Acto seguido, llegó la madrina, y tocando con su varita los vestidos de Cenicienta, los convirtió en atavíos más espléndidos aún que los anteriores.

Entonces las dos hermanastras la reconocieron como la hermosa doncella a quien habían visto en el baile. Se arrojaron a sus pies para pedirle perdón por los malos tratos que le habían infligido. Cenicienta las levantó y les dijo, entre cariñosos besos, que las perdonaba de todo corazón y les suplicaba que la amasen siempre como ella las amaba. La condujeron al palacio del joven príncipe, engalanada como estaba. Él la vio más hermosa que nunca y pocos días después se casó con ella.

Cenicienta, que era tan buena como hermosa, hizo que sus dos hermanastras residieran en palacio y las casó con dos grandes señores de la corte.

MORALEJA

¡Cuán preciado tesoro es la belleza,
cuya contemplación nunca fatiga!
Mas nada iguala el precio
de una dulce sonrisa.
Es lo que a Cenicienta predicaba,
solícita, incansable, su madrina,
y tan bien la enseñó que la hizo reina:
tal ese cuento dulce miel destila.
Vale más ese don que un buen tocado:
¿queréis doncellas, un amor rendido?
Con la dulzura, presto está ganado,
y sin ella, perdido.

OTRA MORALEJA

Es gran ventaja, sin duda,
tener valor y talento,
buena cuna, buen sentido
y cualidades sin cuento
que el cielo benigno os dio:
mas, las tengáis o no,
para alcanzar un destino,
mejor será un buen padrino.

RIQUETE EL DEL COPETE

Érase una vez una reina que dio a luz a un niño tan feo y contrahecho que durante mucho tiempo se dudó de si tenía forma humana. Un hada que asistió a su nacimiento aseguró que no dejaría de ser simpático, porque tendría mucho talento. Añadió, incluso, que gracias al don que acababa ella de concederle podría transmitirle su ingenio a la persona a quien él quisiera más en el mundo.

Nada de esto consoló a la pobre reina, a quien apenaba lo indecible haber dado a luz una criatura tan fea. Verdad es que, desde que comenzó a hablar, el niño decía las cosas más graciosas y se entregaba de tal manera a todo cuanto acometía que cautivaba a todos los que trataban con él. Se me olvidó decir que el niño nació con un mechón de pelo en medio de la cabeza, por lo que lo llamaban Riquete el del Copete, porque Riquete era el apellido de la familia.

Al cabo de siete u ocho años, la reina de un país vecino dio a luz dos niñas. La primera en nacer era más hermosa que un sol. La reina se alegró tanto que se llegó a temer que tal exceso de alegría fuera perjudicial para su salud. Estaba también allí el hada que había asistido al nacimiento del pequeño Riquete el del Copete. Para atemperar la alegría de la reina, le anunció que la pequeña princesa no tendría talento alguno y sería tan tonta como hermosa. Eso mortificó lo indecible a la reina, pero poco después experimentó un disgusto mucho mayor aún, pues la segunda niña que dio a luz resultó ser extremadamente fea.

—No os aflijáis tanto, señora —la consoló el hada—. Vuestra hija se verá compensada en otro aspecto, pues tendrá tanto talento que casi nadie se dará cuenta de que carece de hermosura.

—¡Dios lo quiera! —respondió la reina—. Pero ¿es que no habría manera de concederle un poco de talento a la mayor, que es tan hermosa?

—No puedo hacer nada por ella, señora, en cuanto al talento —le contestó el hada—, pero, todopoderosa en lo relativo a belleza. Como no puedo negarme a hacer nada para complaceros, le concederé un don: la capacidad de transmitirle su hermosura a quien más le plazca.

A medida que las dos princesas crecían, sus perfecciones lo hacían también con ellas y todo el mundo hablaba de la hermosura de la mayor y del talento de la pequeña. Cierto es también que sus defectos se agravaron mucho con la edad. La menor era cada día más fea y la mayor era cada día más tonta. O no contestaba a lo que le preguntaban, o soltaba un disparate. Además, era tan torpe que no era capaz de colocar cuatro porcelanas sobre la chimenea sin romper una, ni beber un vaso de agua sin derramar la mitad sobre su traje.

Aunque la hermosura sea una gran ventaja para una jovenzuela, sin embargo, la hermana pequeña triunfaba casi siempre en sociedad sobre la mayor. Al principio, todos se acercaban a la más bonita para verla y admirarla, pero al cabo de poco se volvían hacia la más talentosa para oír las cosas agradables que decía. Era asombroso ver que, en menos de un cuarto de hora, la mayor se quedaba sola y todo el mundo rodeaba a la más pequeña. La mayor, por torpe que fuera, se dio perfecta cuenta de ello, y habría dado gustosa toda su hermosura por la mitad de la discreción que poseía su hermana. La reina se tenía por persona prudente. Sin embargo, en ocasiones le reprochaba su estupidez, para disgusto y aflicción de la infeliz princesa.

Un día en que se había retirado al bosque para llorar allí su desgracia, vio que se le acercaba un hombrecillo muy feo y de aspecto desagradable, pero vestido con gran magnificencia. Era el joven príncipe Riquete el del

Copete, que, enamorado de ella por los retratos que circulaban por todas partes, había dejado el reino de su padre para poder verla y hablar con ella.

Encantado al encontrarla sola, la interpeló con todo el respeto y toda la cortesía imaginables. Después de saludarla con los cumplidos de rigor, notó que estaba muy triste y le dijo:

—No comprendo, señora, cómo una persona tan hermosa como vos puede estar tan triste como vos parecéis estarlo. Yo puedo alabarme de haber visto infinidad de hermosas damas, pero no puedo decir que viera jamás alguna cuya belleza sea comparable a la vuestra.

—Eso lo decís porque os place —repuso la princesa, y no añadió más.

—La hermosura —prosiguió Riquete el del Copete— es una ventaja tan grande que debe suplir a todas las demás. Cuando se posee, no comprendo cómo puede existir nada capaz de afligirnos.

—Pues yo preferiría —replicó la princesa— ser tan fea como vos e inteligente a ser tan hermosa y tonta como soy.

—Señora, nada demuestra tanto que se tiene talento como creer que no se tiene, y entra en la índole de esta cualidad el que cuanto más se posee, menos se cree poseer.

—No lo sé —dijo la princesa—, pero sí sé que soy muy tonta y de ahí viene la pena que me consume lentamente.

—Si no es más que eso lo que os aflige, señora, yo puedo fácilmente poner fin a vuestro dolor.

—¿Y cómo lo haréis? —preguntó la princesa.

—Señora —respondió Riquete el del Copete—, yo poseo la facultad de concederle talento a la persona a quien yo quiera más en el mundo. Y como esa persona sois vos, señora, tan sólo depende de vos el tenerlo. Bastará con que consintáis en casaros conmigo.

La princesa quedó sumida en la confusión y no respondió.

—Veo —prosiguió Riquete el del Copete— que esta proposición os desagrada, y no me sorprende, pero os doy un año entero para decidiros.

Como la princesa tenía tan poca inteligencia y al mismo tiempo estaba tan deseosa de tenerla, se imaginó que el término del año no llegaría nunca, de modo que aceptó la proposición que se le hacía.

Apenas le hubo prometido a Riquete el del Copete que se casaría con él al cabo de un año justo, cuando se sintió en el acto muy diferente de como era antes, y adquirió una gran facilidad para expresar sus pensamientos, con frases graciosas, llenas de encanto y naturalidad. En el mismo instante inició con Riquete el del Copete una conversación galante, en la que brilló de tal modo que él temió haberle dado más talento del que se había guardado para sí.

Cuando regresó a palacio, la corte no supo qué pensar de un cambio tan súbito y extraordinario, pues le habían oído tantas impertinencias como cosas sensatas e infinitamente ingeniosas salían ahora de sus labios. La corte entera se alegró del cambio más de lo que podáis imaginar. Tan sólo su hermana menor se sintió disgustada, puesto que ya no poseía sobre su hermana mayor la ventaja del talento, y ahora parecía una antipática a su lado.

El rey le pedía siempre su opinión e incluso a veces celebraba sus consejos en las habitaciones de la princesa. Una vez se hubo extendido el rumor de este cambio, todos los jóvenes príncipes de los reinos vecinos se esforzaron por enamorarla y casi todos la pidieron en matrimonio; pero ella no encontraba a ninguno que tuviese bastante talento. Los escuchaba a todos, pero no se comprometía.

Sin embargo, llegó un príncipe tan poderoso, tan rico, tan hermoso e inteligente que ella no pudo evitar cierto sentimiento de simpatía hacia él. Consciente de ello, su padre le concedió libertad para elegir esposo y decidir a gusto. Como sea que, cuanto más talento se posee, más difícil es tomar una decisión firme en tales asuntos, la princesa, después de dar las gracias a su padre, le suplicó que le dejase tiempo para reflexionar.

Quiso la casualidad que fuese a pasear por el mismo bosque donde había encontrado a Riquete el del Copete, dispuesta a reflexionar sobre la decisión que debía tomar. Mientras paseaba sumida en profunda meditación, oyó bajo sus pies un ruido sordo, como de varias personas moviéndose de un lado a otro atareadas. Al prestar más atención, oyó que una decía: «Tráeme esa olla», otra: «Dame ese caldero», y otra: «Echa leña al fuego». Al mismo tiempo, la tierra se abrió y la princesa vio bajo sus pies una especie de gran cocina llena de cocineros, pinches y demás personal necesario para aderezar un espléndido festín. Salió de allí un grupo de veinte o treinta cocineros, que fueron a colocarse en una avenida del bosque, alrededor de una larga mesa, y todos, con sus agujas mecheras en la mano y sus rabos de zorro en la oreja, empezaron a trabajar mechando las piezas al compás de una armoniosa canción.

La princesa, sorprendida ante tal espectáculo, les preguntó para quién trabajaban.

—Señora —le respondió el miembro más destacado de la banda—, trabajamos para el príncipe Riquete el del Copete, cuyas bodas se celebrarán mañana.

La princesa, más sorprendida aún, y recordando de pronto que un año antes, en el mismo día, había prometido que se casaría con Riquete el del Copete, estuvo a punto de desmayarse. Si no recordaba su compromiso era porque cuando hizo su promesa era una niña tonta, y al adquirir la nueva inteligencia que el príncipe le había dado olvidó sus tonterías.

Apenas había dado unos pasos cuando Riquete el del Copete se presentó ante ella, gallardo, magnífico, ni más ni menos que un príncipe en vísperas de su boda.

—Señora —le dijo—, podéis ver que soy puntual en cumplir mi palabra, y no dudo de que habéis venido aquí para cumplir la vuestra y para convertirme, al darme vuestra mano, en el más feliz de los hombres.

—Para seros sincera, os confesaré —contestó la princesa— que todavía no he decidido nada al respecto y que no creo que llegue jamás a tomar una decisión en el sentido que vos deseáis.

—Me dejáis asombrado, señora —dijo Riquete el del Copete.

—Lo creo —dijo la princesa—, y seguramente, si tratase con un hombre brutal y desprovisto de inteligencia, me vería muy apurada. «Las princesas sólo tienen una palabra», me diría, «y es menester que os caséis conmigo, ya que lo prometisteis»; pero, como el hombre con quien hablo es el más inteligente del mundo, estoy segura de que se rendirá a la razón. Sabéis muy bien que, cuando yo no era más que una niña tonta, no pude decidirme a casarme con vos. ¿Cómo queréis, pues, que teniendo la inteligencia que me disteis, con lo cual me he vuelto más exigente, tome hoy una decisión que

entonces no pude tomar? Si de verdad os proponíais casaros conmigo, hicisteis mal en librarme de mi estupidez y en hacer que viera más claro de lo que veía.

—Si a un hombre sin talento —respondió Riquete el del Copete— se le permite reprocharos vuestra informalidad, ¿por qué pretendéis, señora, que no os la reproche yo, en un asunto del que depende toda mi felicidad? ¿Es razonable y justo que las personas inteligentes sean más desgraciadas que las que no lo son? ¿Podéis vos aprobarlo, vos que tanto talento poseéis y tanto deseasteis poseer? Pero vamos al grano, si os place. Salvo mi fealdad, ¿hay en mí algo que os desagrade? ¿Os disgustan mi alcurnia, mi talento, mi carácter o mis modales?

—De ningún modo —respondió la princesa—. Me gusta en vos todo lo que habéis dicho.

—Sí así es —contestó Riquete el del Copete—, puedo ser dichoso, ya que vos podéis convertirme en el más apuesto de los hombres.

—¿Y eso cómo puede hacerse? —preguntó la princesa.

—Se hará —contestó Riquete el del Copete— si me amáis lo bastante para desear que se haga; y para que no dudéis de ello, sabed, señora, que la misma hada que en el día de mi nacimiento me concedió el don de poder darle talento a la persona a quien yo quisiere más en el mundo, os concedió a vos el don de dar belleza al hombre a quien améis y al que os dignéis conceder tal beneficio.

—Si es así —dijo la princesa—, deseo de todo corazón que os convirtáis en el príncipe más apuesto y amable del mundo, y os hago este don con todo el poder que de mí depende.

No bien hubo pronunciado la princesa estas palabras, cuando Riquete el del Copete apareció a sus ojos como el hombre más hermoso, mejor formado y más amable que jamás había visto. Hay quien asegura que en este caso no rigieron los hechizos del hada y que tan sólo el amor produjo el cambio. Dicen que la princesa, al reflexionar sobre la perseverancia de su enamorado, su discreción y todas las excelentes cualidades de su alma y de su espíritu, no vio ya la deformidad de su cuerpo ni la fealdad de su rostro; que su joroba le pareció el porte de un hombre que se encoge meditabundo y que, así como hasta entonces lo había visto cojear de una manera espantosa, no le halló más que una cierta postura inclinada que le encantó. Dicen también que sus ojos, que eran bizcos, le parecieron por ello más brillantes, y que en su extravío tan sólo vio la señal de un violento exceso de amor; y, por último, que en su gruesa narizota encarnada acertó a ver algo de marcial y de heroico.

Sea como fuere, la princesa le prometió en seguida casarse con él, siempre que obtuviese el consentimiento de su padre, el rey. Éste, enterado de que su hija estaba enamorada de Riquete el del Copete, a quien por otra parte tenía él por un príncipe de gran inteligencia y sensatez, lo aceptó gustosamente por yerno.

Al día siguiente se celebraron las bodas, tal como Riquete el del Copete había previsto y siguiendo las órdenes que mucho tiempo antes había dado.

MORALEJA

Lector, es menos un cuento
lo que acabas de leer
que la verdad pura y simple
como suele acontecer:
pues todo es bello en el ser que
adoramos
y gran talento y saber le prestamos.

OTRA MORALEJA

Aunque la naturaleza
con gran esmero adornase a una hermosa,
y fueran de ángel sus bellas facciones
y su tez hecha con lirios y rosas,
a las miradas amantes
no tan preciados serán esos dones
cual invisibles y raros encantos
que sólo ve quien padece de amores.

PULGARCITO

É rase una vez un leñador y una leñadora que tenían siete hijos, todos ellos varones. El mayor sólo contaba diez años, y siete el más pequeño. Quizá os extrañe que el leñador tuviera tantos hijos en tan poco tiempo, pero ello se debió a que su mujer era una excelente trabajadora y no daba a luz menos de dos cada vez.

Eran muy pobres, y sus siete hijos les ocasionaban grandes apuros, ya que ninguno de ellos podía aún ganarse la vida. Les apenaba también que el menor era muy delicado y apenas hablaba nunca. Ellos lo consideraban un síntoma de estupidez, cuando lo cierto era que se trataba de la gran bondad de su corazón. Era muy pequeño, y cuando vino al mundo, su tamaño no era mayor que el de un dedo pulgar, por lo que, muy acertadamente, lo llamaron Pulgarcito.

Este pobre niño era el chivo expiatorio y siempre cargaba con la culpa de cuanto sucedía. Sin embargo, era el más despierto y el más astuto de todos los hermanos, y, si bien hablaba poco, escuchaba mucho y con atención.

Llegó un mal año, y el hambre fue tan grande que aquellas pobres gentes decidieron deshacerse de sus hijos.

Una noche, cuando los niños se habían ya acostado y el leñador estaba sentado junto a la chimenea con su mujer, le dijo, con el corazón transido de dolor:

—Ya ves que no podemos alimentar a nuestros hijos. No podría soportar verlos morir de hambre ante mis propios ojos. Por eso he decidido llevarlos mañana al bosque, para que se pierdan. Será fácil y, mientras estén distraídos apilando troncos, no tendremos más que huir sin que nos vean.

—¡Ah! —exclamó la leñadora—. ¿Serás capaz de abandonar a tus hijos?

Por más que su marido le recordase su horrible miseria, no podía consentir en ello. Era pobre, pero era madre.

Sin embargo, al imaginarse qué honda pena sería verlos morir de hambre, consintió en lo que le proponía su marido y se acostó llorando.

Pulgarcito había oído todo cuanto dijeron, pues, sintiendo hablar desde su cama, se levantó en silencio y se deslizó debajo del asiento de su padre para escuchar sin ser visto. Volvió a acostarse y no pegó ojo en toda la noche, pensando en qué debía hacer. Se levantó muy temprano, fue a la orilla de un arroyo, y allí se llenó los bolsillos con piedrecitas blancas. Hecho esto, volvió en seguida a su casa. Partieron todos, y Pulgarcito no les dijo a sus hermanos nada de lo que sabía.

Fueron a un bosque muy espeso, en el que resultaba imposible ver a diez pasos de distancia. El leñador se puso a cortar leña y los niños, a reunir ramitas para apilarlas. El padre y la madre los vieron atareados en su trabajo, se alejaron poco a poco y luego echaron a correr por un sendero oculto en la maleza.

Cuando los niños se vieron solos, empezaron a gritar y a llorar con todas sus fuerzas. Pulgarcito los dejaba chillar. Sabía muy bien por dónde podrían volver a casa, pues mientras caminaban había dejado caer a lo largo del camino las piedrecitas blancas que llevaba en los bolsillos. Así pues, les dijo:

—No temáis, hermanos míos; aunque padre y madre nos hayan dejado aquí, yo sabré devolveros a casa. Seguidme.

Lo siguieron, y Pulgarcito los condujo hasta su casa por el mismo camino que habían recorrido para ir al bosque. De momento, no se atrevieron a entrar. En vez de eso, se agruparon detrás de la puerta para escuchar lo que decían sus padres.

En el preciso instante en que el leñador y la leñadora llegaron a casa, el señor del poblado les envió diez escudos que les debía desde hacía tiempo y con los cuales no contaban ya. Ello les devolvió la vida, pues los pobres esposos desfallecían de hambre. El leñador envió acto seguido a su mujer a la carnicería. Como llevaba tiempo sin comer, la mujer compró tres veces más carne que la necesaria para una cena de dos personas.

En cuanto estuvieron satisfechos, la leñadora dijo:

—¡Ay! ¿Dónde estarán ahora nuestros pobres hijos? ¡Con qué gusto comerían lo que nos ha sobrado! Guillermo, en verdad has sido tú quien ha querido perderlos, pues bien te decía yo que nos arrepentiríamos. ¿Qué harán ahora en aquel bosque? ¡Ay, Dios mío! Tal vez se los haya comido el lobo. No tienes corazón por abandonar así a tus hijos.

Le repitió tantas veces que se arrepentirían por lo que habían hecho, y que ella ya lo había pronosticado, que el leñador acabó por enfadarse, y hasta la amenazó con azotarla si no se callaba. No es que no estuviera más disgustado que su mujer, pero ella lo abrumaba con sus quejas y reproches, y el hombre tenía un carácter parecido a otros muchos, a quienes les gustan las mujeres elocuentes, pero hallan demasiado importunas las que siempre quieren tener razón.

Sin embargo, la leñadora no dejaba de llorar y gemir.

—¡Ay! ¿Dónde estarán ahora mis hijos, mis pobres hijos?

Y en cuanto lo hubo dicho en voz alta, los niños la oyeron y se pusieron a gritar todos al unísono:

—¡Aquí estamos, aquí estamos!

Ella corrió a abrir y les dijo, mientras los colmaba de besos:

—¡Oh! ¡Qué contenta estoy al veros de nuevo, hijos queridos! Estaréis muy cansados y tendréis hambre. Tú, Pedrín, ¡qué pringoso estás! Ven, que te lave un poco.

Ese Pedrín era el hijo mayor, al que ella quería más que a los otros porque era algo pelirrojo, como su madre.

Se sentaron a la mesa y comieron con un apetito que daba gloria verlo, mientras les contaban cuánto miedo habían pasado en el bosque. Hablaban todos a la vez. Los buenos leñadores estaban encantados de haber recuperado a sus hijos, pero ese gozo duró tanto como duraron los diez escudos. Cuando se acabó el dinero, los esposos llegaron al punto de partida y decidieron deshacerse otra vez de los niños. Para que no les fallara el golpe, acordaron llevarlos a un lugar mucho más lejano que la primera vez.

Hablaron de tal manera que Pulgarcito volvió a oírlos. Convencido de que resolvería la situación como la otra vez, se levantó muy temprano para ir a buscar piedrecitas, pero no lo consiguió porque la puerta de la casa estaba cerrada con llave. No sabía qué hacer el pobre cuando, al ver que la leñadora le daba a cada uno un pedazo de pan para el desayuno, pensó que podría servirse del pan en vez de las piedrecitas, esparciendo las migajas a lo largo del camino. Así pues, se lo guardó en el bolsillo.

Llevaron los padres a sus hijos al lugar más espeso y sombrío del bosque, y acto seguido huyeron por un atajo y los dejaron solos. Pulgarcito no se apuró, pues creía que no le resultaría difícil encontrar el camino gracias al pan que había desmenuzado al pasar. Pero se llevó una enorme sorpresa al no poder encontrar ni una sola migaja: los pájaros se las habían comido todas.

Así pues, estaban muy tristes, pues cuanto más caminaban, más se extraviaban y se adentraban en el bosque. Llegó la noche, y se desató un fuerte viento que les infundió un miedo espantoso. Por todos lados, les parecía oír el aullido de los lobos que acudían a devorarlos. Se puso a llover a cántaros y quedaron calados hasta los huesos. A cada paso resbalaban y se caían en el barro, de donde se levantaban sucios y sin saber qué hacer con las manos.

Pulgarcito trepó a la cima de un árbol para tratar de encontrar solución a su desgracia. Mirando en todas direcciones, vio una débil lucecita, como de una bujía, que brillaba muy lejos, más allá del bosque. Bajó del árbol, y al llegar a tierra, con gran disgusto suyo, no vio la luz. Sin embargo, caminó un trecho con sus hermanos en la dirección donde recordaba haberla visto, y al salir del bosque la divisó de nuevo.

Al final llegaron a la casa, no sin haber pasado mucho miedo, pues perdían de vista la luz cada vez que caminaban por una hondonada. Llamaron a la puerta y una buena mujer salió a abrir. Les preguntó qué querían. Pulgarcito le respondió que eran unos pobres niños que se habían perdido en el bosque y que pedían alojamiento por caridad. La mujer, al verlos a todos tan hermosos, se echó a llorar y les dijo:

—¡Ay, pobrecitos míos! ¿Adónde habéis ido a parar? ¿No sabéis que ésta es la casa de un ogro que se come a los niños pequeños?

—¡Ah, señora! —le contestó Pulgarcito, temblando de pies a cabeza lo mismo que sus hermanos—. ¿Qué haremos? Seguro que los lobos del bosque se nos comerán esta noche si os negáis a acogernos en vuestra casa. Por ello preferimos que sea el señor ogro quien nos coma, y tal vez se apiade de nosotros si os dignáis vos suplicárselo.

La mujer del ogro, que creyó poder ocultarlos hasta la mañana siguiente, los dejó que entraran y los condujo cerca de un buen fuego, donde había un cordero enterito asándose para la cena del ogro.

Cuando ya empezaban a calentarse oyeron llamar muy fuerte: era el ogro que estaba de regreso. Su mujer les dijo que se ocultasen en seguida debajo de la cama, y fue a abrir la puerta. El ogro preguntó si la cena estaba lista y si había sacado vino, y luego se sentó a la mesa. El cordero estaba sangriento todavía, pero aun así le gustó.

El ogro olfateaba a derecha e izquierda, diciendo que allí olía a carne fresca.

—Debe de ser el olor de la ternera que acabo de desollar —le dijo su mujer.

—Aquí huele a carne fresca, te digo —repuso el ogro mientras miraba a su mujer de reojo—. Aquí sucede algo que no entiendo.

Y, dicho esto, se levantó de la mesa y se dirigió hacia la cama.

—¡Ah! —exclamó—. ¿Conque querías engañarme, mujer maldita? ¡No sé por qué me aguanto y no te como a ti también! Suerte tienes que eres demasiado vieja. Qué oportuna me será esta caza para obsequiar a tres ogros amigos míos que vendrán a verme un día de éstos.

Los sacó de debajo de la cama uno tras otro. Los pobres niños se arrodillaron pidiéndole clemencia, pero se hallaban ante el más cruel de los ogros. Éste, lejos de sentir lástima, los devoraba ya con la mirada, y le decía a su mujer que serían un bocado excelente si ella los aderezaba con una buena salsa.

Fue a buscar un enorme cuchillo, y mientras se acercaba a los pobres niños lo afilaba en una larga piedra que tenía en la mano izquierda. Había apresado a uno cuando su mujer le dijo:

—¿Adónde vas a estas horas? ¿No tendrás tiempo de sobra mañana?

—Cállate —repuso el ogro—; así estarán más tiernos.

—¡Pero si todavía tienes un montón de carne! —respondió su mujer—. Una ternera, dos carneros y medio cerdo.

—Tienes razón —concedió el ogro—. Dales una buena cena para que no adelgacen, y acuéstalos.

La buena mujer no cabía en sí de felicidad, y les dio bien de cenar, pero ellos no pudieron probar bocado, tal era el miedo que sentían. En cuanto al ogro, se puso de nuevo a beber, encantado de tener con qué obsequiar de manera tan espléndida a sus amigos ogros. Bebió una docena de vasos más que de costumbre, por lo que el vino se le subió a la cabeza, y se vio obligado a acostarse en seguida.

El ogro tenía siete hijas todavía pequeñas. Estas niñas tenían todas la carita muy fina, porque comían carne fresca, como su padre, pero tenían unos ojitos grises muy redondos, la nariz ganchuda y la boca grande, con largos dientes muy afilados y separados entre sí. No eran aún malas del todo, pero prometían serlo, pues ya mordían a los niños pequeños para chuparles la sangre.

Aquella noche las habían acostado temprano, y se hallaban las siete en una gran cama. Cada una de ellas llevaba su corona de oro en la cabeza. En la misma habitación había otra cama igualmente grande. Allí acostó la mujer del ogro a los siete niños, y acto seguido fue a acostarse con su marido.

A Pulgarcito no se le escapó que las hijas del ogro llevaban coronas de oro en la cabeza. Como temía que el ogro se arrepintiese de no haberlos matado aquel mismo día, se levantó a medianoche, tomó los gorros de sus hermanos y el suyo, y fue con cuidado a ponerlos en las cabezas de las siete hijas del ogro. Les quitó a éstas las coronas de oro, y las colocó en las

cabezas de sus hermanos y en la suya propia, con el fin de que el ogro los tomase por sus hijas, y a sus hijas por los niños a quienes quería matar. La cosa sucedió tal como había imaginado. El ogro, que despertó a eso de la medianoche, se arrepintió de haber dejado para el día siguiente lo que podía hacer ése. Saltó, pues, bruscamente de la cama, tomando el cuchillo.

—Vamos a ver —dijo— cómo se portan estos picaruelos.

Subió a tientas al cuarto de sus hijas y se acercó a la cama en que estaban los niños. Todos ellos dormían, excepto Pulgarcito, el cual se asustó mucho al sentir la mano del ogro que le tentaba la cabeza, como había palpado las de sus hermanos. El ogro, al dar con las coronas de oro, se dijo:

—¡Vaya! ¡Bonito disparate iba a hacer! Se ve que anoche bebí demasiado.

Y se fue a la cama de sus hijas. Al dar con los gorros de los niños, exclamó:

—¡Ah, aquí están esos tunantes! Vamos a trabajar a fondo.

Y, dicho esto, degolló a sus siete hijas sin vacilar un momento. Luego, satisfecho de su hazaña, se acostó de nuevo al lado de su mujer.

En cuanto Pulgarcito oyó roncar al ogro, despertó a sus hermanos y les dijo que se vistieran de prisa y lo siguieran. Bajaron en silencio al jardín y saltaron la tapia. Corrieron durante casi toda la noche, temblorosos y sin saber adónde se dirigían.

Cuando el ogro despertó, le dijo a su esposa:

—Ve allá arriba y arregla a los tunantes de ayer.

La mujer se extrañó mucho de la bondad de su marido, sin sospechar de qué manera quería que los arreglase. Convencida de que le mandaba levantarlos, subió al dormitorio, donde quedó horrorizada al ver a sus siete hijas degolladas y bañadas en su propia sangre.

Su primera reacción fue desmayarse, pues esto es lo que les sucede a mujeres en ocasiones así. El ogro, temiendo que su mujer tardase demasiado en hacer sola el trabajo que le había encomendado, subió para ayudarla. No quedó menos horrorizado que su mujer ante el espantoso cuadro.

—¡Ah! ¿Qué es lo que he hecho? —exclamó—. ¡Me la van a pagar! Me la van a pagar, y en seguida.

Arrojó un cazo de agua al rostro de su mujer. Una vez hubo vuelto ella en sí, le dijo:

—¡Dame en seguida mis botas de siete leguas para que vaya a atraparlos!

Se puso en marcha y, después de haber corrido mucho por todos lados, entró finalmente en el camino que seguían los pobres niños, los cuales se hallaban ya apenas a cien pasos de la casa paterna. Vieron al ogro que saltaba de montaña en montaña y atravesaba los ríos con la facilidad con que se salta un arroyo insignificante. Pulgarcito vio una cueva cerca del sitio donde se hallaban. Metió en ella a sus seis hermanos y él entró también, sin dejar de espiar lo que hacía el ogro.

Éste, cansado del largo camino que había hecho inútilmente (pues las botas de siete leguas fatigan mucho a quien las calza), quiso descansar, y se sentó casualmente sobre la misma peña en que los niños estaban ocultos.

Como ya no podía más, después que hubo descansado un rato se durmió. Se puso a roncar tan fuerte que los pobres niños rememoraron el terror que habían sentido cuando lo vieron empuñar su enorme cuchillo para degollarlos. Pulgarcito no se acobardó tanto y les dijo a sus hermanos que huyeran a toda prisa hacia la casa mientras el ogro dormía y que no se preocupasen por él. Siguieron su consejo y llegaron en seguida a su casa.

Pulgarcito se acercó al ogro, le quitó las botas con cuidado y se las puso de inmediato. Las botas eran muy grandes y muy anchas, pero, como estaban encantadas, poseían la facultad de agrandarse o encogerse según la pierna de quien las calzaba. De ese modo, resultaron tan ajustadas a sus pies y a sus piernas como si se las hubieran hecho ex profeso.

Pulgarcito se fue derecho a casa del ogro, donde encontró a su mujer llorando cerca de sus hijas degolladas.

—Vuestro marido, señora —le dijo Pulgarcito—, se halla en grave aprieto, pues ha caído en poder de una banda de ladrones, que han jurado matarlo si no les da todo el oro y toda la plata que posee. En el momento en que le acercaban el puñal al cuello, me ha visto y me ha rogado que viniera a avisaros y os dijera que me deis todo cuanto posee de algún valor, sin ocultar nada, pues de otro modo los bandidos lo matarán sin compasión. Como el caso es muy urgente, me ha dado estas botas de siete leguas, para poder llegar más pronto y también para que no me toméis por un estafador.

La buena mujer, muy asustada, le dio en el acto cuanto había en la casa; pues el ogro no por ser ogro dejaba de ser muy buen marido, aunque se comiera a los niños pequeños. De ese modo, Pulgarcito, cargado con todas las riquezas del ogro, volvió a casa de su padre, donde le recibieron con gran alegría.

Muchas gentes no están conformes con este último punto y aseguran que Pulgarcito no cometió tal robo; pero dicen que, en cambio, no dudó en quitarle sus botas de siete leguas, porque no se servía de ellas más que para dar caza a los niños. Los que así hablan aseguran saberlo de buena tinta, e incluso por haber bebido y comido en casa del leñador.

Aseguran éstos que cuando Pulgarcito se hubo calzado las botas del ogro se fue a la corte del rey, donde sabía que se hallaban muy preocupados por un ejército que estaba a doscientas leguas de allí y por el resultado de una batalla que allí había tenido lugar. Dicen que Pulgarcito fue a ver al rey, y le dijo que, si lo deseaba, él le daría noticias del ejército antes de que llegase la noche. El rey le prometió una cuantiosa suma si cumplía su palabra. Pulgarcito llegó con las noticias esa misma tarde, y, como este primer viaje lo dio a conocer, ganaba todo el dinero que quería, pues el rey le pagaba muy bien por llevar sus órdenes al ejército, y muchas damas le daban todo lo que les pedía por tener noticias de sus amantes, y ésta se convirtió en la fuente de sus mejores ganancias.

También algunas esposas le daban cartas para sus maridos, pero le pagaban tan mal y resultaba en todo tan poca cosa que no valía la pena tenerlo en cuenta.

Después de desempeñar durante algún tiempo el oficio de correo y de ganar con él muchas riquezas, volvió a casa de su padre, donde es imposible imaginar la alegría que sintieron todos por su regreso. Pulgarcito se ocupó en arreglarle la vida a toda su familia. Compró destinos de nueva creación para su padre y sus hermanos, y con ello los estableció a todos y a la vez quedó él colocado en brillante posición.

MORALEJA

A nadie disgusta
tener muchos hijos,
cuando son hermosos,
altos y fornidos;
pero si uno de ellos
es débil o tímido,
lo abruman a chanzas,
pullas y castigos,
o, por el contrario,
lo dejan en olvido.
Quiere, sin embargo,
el sabio destino
que muy a menudo
ese pobre niño
salve con su ingenio
a sus hermanitos.

LA SAGAZ PRINCESA O LAS AVENTURAS DE PICARILLA

En tiempos de las primeras cruzadas, un rey de no sé qué país de Europa resolvió marchar a Palestina a hacer la guerra a los infieles. Antes de emprender tan largo viaje, puso en orden los negocios del Estado, y le confió la regencia a un ministro sumamente hábil y de honradez probada.

Al monarca le inquietaba la suerte que correría su familia en su ausencia. Había perdido a su esposa hacía muy poco tiempo, y le quedaban de su matrimonio tres jóvenes ya casaderas. Los cronistas no ofrecen sus verdaderos nombres, pero como en aquellos tiempos felices la sencillez de los pueblos designaba a las personas eminentes con un sobrenombre, siempre relacionado con sus buenas cualidades o sus defectos, sé que a la mayor de aquellas princesas la llamaban Perezosa; a la segunda, Habladora, y a la más pequeña, Picarilla, apodos éstos que casaban a la perfección con el carácter de las tres hermanas.

De verdad que era imposible encontrar a una criatura más negligente que Perezosa. Nunca se despertaba antes de la una de la tarde. La llevaban a la iglesia tal como salía de la cama, con el cabello descompuesto, el vestido a medio abrochar, sin cinturón ni nada parecido, y hasta muchas veces calzada con una zapatilla de una clase y otra de otra. Durante el día se arreglaba un poco, pero jamás pudo conseguirse que se quitase las chinelas, porque era para ella un trabajo insoportable caminar con zapatos. Después de comer, Perezosa entraba en el tocador, y allí permanecía arreglándose y peinándose hasta las primeras horas de la tarde. El resto, hasta las doce, lo pasaba jugando y comiendo. En seguida empezaban a desnudarla, y como en esta operación habían de intervenir tantas horas como en vestirla, siempre se acostaba después de haber amanecido.

Habladora hacía otra clase de vida. Viva de genio, empleaba poco tiempo en el cuidado de su persona. En cambio, era tal su afán por hablar que en todo el santo día no cerraba el pico. Sabía la historia particular, no sólo de los cortesanos, sino también hasta del más insignificante hidalguillo de la comarca, y llevaba las cuentas de todas las mujeres que mataban de hambre a los criados para comprar con los ahorros ropas hermosas. También se sabía al dedillo lo que ganaban las doncellas de la marquesa Fulanita y el mayordomo del conde Menganito. Para estar al corriente de todos esos chismes, se pasaba las horas muertas escuchando a su costurera y a su nodriza, con el mismo placer que habría puesto en oír el discurso de un embajador. Tenía ya aburrido con sus cuentos a todo el mundo, desde el rey, su padre, hasta el último lacayo de palacio. Apenas le importaba la jerarquía del oyente. El caso era hablar mucho.

Esta insufrible comezón de su lengua le causaba inmensos perjuicios. Sus maneras familiares autorizaban hasta cierto punto a los pisaverdes de la corte para dirigirle, sin respeto a su elevada posición, bromas y piropos. Habladora escuchaba las flores con benevolencia, sólo por tener el placer de responder a las galanterías, pues ya he dicho que, a trueque de hablar, poco le importaba el auditorio y mucho menos el asunto de conversación. De igual manera que Perezosa, Habladora no dedicaba ningún tiempo a la meditación y al estudio, ni mucho menos a los trabajos de la aguja y del bastidor. Las dos hermanas pasaban la vida en ocio perpetuo.

El carácter de Picarilla, la hermana pequeña, era completamente distinto. Su vivacidad no tenía límites, y hacía un uso loable de su natural talento y felices disposiciones para esos mil ejercicios que constituyen la base de una esmerada educación. Bailaba con maestría, cantaba con exquisito gusto y manejaba a la perfección una infinidad de instrumentos.

Además de estas habilidades, hacía con admirable soltura todos esos pequeños trabajos de mano, como coser y bordar, que tanto entretienen a las jóvenes. Vigilaba también el interior de la real casa e impedía las rapiñas de los oficiales y proveedores de palacio, que desde muy antiguo han sido siempre poco escrupulosos en la observación del séptimo mandamiento de la Ley de Dios.

No acababan aquí las disposiciones de Picarilla: poseía una rectitud de juicio nada común, y su presencia de ánimo era tan maravillosa que en las circunstancias más difíciles encontraba siempre medios hábiles para salir de los más graves apuros. La exquisita penetración de esta joven princesa descubrió en una ocasión un lazo peligroso que un embajador de mala fe tendía al rey, con motivo de un tratado de importancia. Para castigar la perfidia del embajador y del monarca a quien representaba, el rey cambió el artículo del tratado, lo redactó en los términos que le dictó su hija y logró de este modo castigar al engañador.

Picarilla descubrió también otra mala pasada que un ministro quería jugarle al rey, y, gracias a los buenos consejos que dio a su padre, la infidelidad del traidor fue puesta en evidencia. En fin, de tal modo manifestó su penetración y buen juicio que el pueblo empezó a distinguirla con el sobrenombre con que la conocemos. El rey la quería mucho más que a sus hermanas, y de no tener otras hijas habría partido tranquilo, pero la confianza que Picarilla le inspiraba era igual al recelo e inquietud que le asaltaban por la suerte de las otras. Con objeto de asegurarse de la conducta de su familia —que por la de sus vasallos no se inquietaba, gracias al ministro regente—, fue a ver a un hada y le participó las inquietudes que sentía respecto a Perezosa y Habladora.

—A fecha de hoy —explicó el rey— no han hecho nada que pueda conceptuarse como una grave falta a los deberes que su rango les impone, pero tienen tan poquísimo talento, son tan imprudentes y viven tan ociosas que temo que se lancen, lejos de mi cuidado, a cualquier locura. En cuanto a Picarilla, su virtud me inspira la mayor confianza. Sin embargo, la trataré como a las otras, para no darles a éstas motivo de queja. Os suplico, pues, sabia maga, que me hagáis tres ruecas de cristal, una para cada una de mis hijas, que tengan la propiedad de romperse en el mismo instante en que aquélla a quien pertenezca haga algo que perjudique su reputación.

Era la maga muy hábil, y satisfizo los deseos del rey. Le entregó tres ruecas encantadas, que tenían la virtud exigida. No se contentó el monarca con tomar esta precaución, y encerró a las tres princesas en una altísima torre, construida en un lugar solitario. Luego les ordenó que permaneciesen en aquella torre durante su ausencia, y les insistió en que no saliesen para nada ni hablasen con nadie. Las privó de toda la servidumbre de uno y otro sexo, y después de darles las ruecas encantadas, cuya virtud explicó minuciosamente, abrazó a las princesas, cerró las puertas de la torre, guardó las llaves y se puso en camino.

Tal vez pensará el lector que las princesas quedaron en peligro de morir de hambre, puesto que no tenían quien las sirviera. ¡Nada de eso! El rey había mandado colocar una polea sobre una de las ventanas de la torre, y por ella pasaba una cuerda a cuyo extremo ataban las princesas una canastilla. En ésta subían las provisiones diarias. Todas las noches tenían las princesas que retirar la cuerda antes de acostarse.

Perezosa y Habladora se desesperaban por esta solitaria vida, y no hay palabras con que expresar la tristeza que sentían. Pero, debían resignarse, pues la misteriosa rueca podía quedar hecha pedazos al menor desliz.

En cambio, Picarilla no se aburría. El huso, la aguja, los libros y los instrumentos de música le proporcionaban medios de distracción. Además, todos los días, por orden del ministro de Estado, colocaban en la canastilla de las princesas cartas y despachos en los cuales les daban detalladas noticias de todo cuanto pasaba fuera y dentro del reino.

El rey lo había dispuesto así, y el ministro, fiel en el cumplimiento de sus deberes, era en esto exacto. Picarilla se enteraba de la marcha de los asuntos políticos, y esto contribuía también a distraerla. Sus hermanas no miraban siquiera los despachos. Decían que la pena les impedía divertirse con tales pequeñeces y que mejor que cartas era que les enviasen una baraja para matar el tiempo.

De este modo pasaban la vida renegando de su destino y exclamaban algunas veces:

—Más vale nacer dichosa que hija de rey.

Con frecuencia salían a las ventanas de la torre para ver y fisgar lo que pasaba en el campo. Un día en que Picarilla trabajaba como de costumbre, sus hermanas vieron desde el balcón a una pobre mujer vestida con harapos. Esa mujer trazó con palabras conmovedoras el triste cuadro de su miseria. Les dijo que era una desgraciada forastera que sabía muchas historias y les suplicó que la dejasen entrar en la torre, donde podría prestarles muchos y buenos servicios con la mayor exactitud y fidelidad. Las princesas recordaron en seguida la orden que habían recibido de su padre de no dejar que entrase en la torre alma viviente, pero Perezosa estaba cansada de servirse ella misma y Habladora, aburrida de no poder hablar más que con sus hermanas, así que la una por la gana que sentía de tener quien la peinase, y la otra por el deseo de charlar con una persona desconocida, resolvieron dejar entrar a la pobre forastera.

—Es imposible que la prohibición del rey —le dijo Habladora a su hermana— alcance a las personas de la categoría de esta infeliz. Creo que podemos recibirla sin ningún temor.

—Haz lo que quieras, hermana mía —respondió Perezosa.

Habladora, que sólo esperaba este consentimiento, echó la canastilla, que era de dos asas y muy fuerte, y la mendiga se metió dentro. Luego, gracias a la polea, las dos princesas pudieron izarla con facilidad.

En cuanto vieron a la pobre mujer dentro de la torre, las disgustó en extremo la horrible suciedad de sus vestidos, y quisieron darle otros para que se mudase. La forastera respondió que se los cambiaría al día siguiente y que de momento sólo pensaba en servirlas. En esto volvió Picarilla de su cuarto, y se llevó una gran sorpresa al ver a una desconocida en compañía de sus hermanas. Le expusieron las razones en que habían inspirado su conducta y la pobre Picarilla, comprendiendo que se trataba de un hecho consumado y sin remedio, disimuló el disgusto que le causaba tamaña imprudencia.

La nueva ayuda de cámara de las princesas empezó, con el pretexto de arreglar las cosas, a escudriñar todos los rincones del enorme castillo. Quería hacerse cargo de la disposición interior de la torre, puesto que hay que explicar que aquella criatura sucia y repugnante, aquella mendiga cubierta de harapos era nada menos que el hijo mayor de un rey poderoso, vecino y rival del padre de las princesas. Dicho príncipe, a quien se consideraba uno de los hombres más artificiosos y malignos de su tiempo, manejaba al rey, su padre, a su entero antojo. Cierto es que para ello no se necesitaba mucha sagacidad, pues el buen rey era de un carácter tan dulce, pacífico y bondadoso que le habían dado el sobrenombre de Muy Benigno. Al joven príncipe, cuyas acciones llevaban siempre el sello de la mentira, el pueblo lo llamaba Cauteloso. El rey Muy Benigno tenía un hijo menor, tan bueno como malo era el otro. A pesar de la notable diferencia de carácter entre ambos, los dos príncipes vivían en la más perfecta unión y concordia, fenómeno que dejaba admirado a todo el mundo. La belleza del rostro y la gracia que distinguían al hermano menor, unidas a los hermosos y nobles sentimientos que albergaba su corazón, habían hecho que el pueblo le diese el apodo de Perfectísimo.

El príncipe Cauteloso era el que había inspirado al embajador del rey aquel rasgo de mala fe que la agudeza de Picarilla hizo redundar en perjuicio de sus autores. Cauteloso odiaba al padre de las princesas, así que en cuanto supo las precauciones que había tomado, trazó el diabólico proyecto de burlarlo.

Inventó no sé qué pretexto, obtuvo permiso del rey Muy Benigno para hacer un viaje y en seguida se preparó para entrar en la torre de la manera que hemos visto.

Al examinar el castillo notó que, si gritaban, las princesas podían hacerse oír por los transeúntes, y decidió permanecer allí disfrazado durante el día, pues, de lo contrario, podía salirle cara su temeraria empresa. Conservó sus harapos, y en cuanto llegó la noche y las tres hermanas hubieron cenado, los arrojó lejos de sí y apareció vestido con un traje bordado de oro y cuajado de piedras preciosas. A la vista de semejante cambio, las pobres princesas quedaron aterradas y echaron a correr a trompicones. Picarilla y Habladora, ágiles como ardillas, se encerraron en sus habitaciones en un abrir y cerrar de ojos, mas Perezosa, para quien era un trabajo ímprobo andar, no pudo escaparse de las manos del príncipe.

Cauteloso se arrojó en seguida a sus pies y, después de confesarle con suma cortesía quién era, le dijo que la fama de su belleza, corroborada por los retratos que de ella había visto, lo había obligado a abandonar los placeres de una corte magnífica y deliciosa para acudir a ofrecerle su corazón y su fe. Perezosa quedó tan aturdida en un principio que no tuvo palabras para responder al príncipe, que permanecía de rodillas, dirigiéndole sus madrigales, haciéndole declaraciones de amor y conminándola a que lo tomase por esposo de manera inmediata.

Como la natural flojera de la joven no le permitía discutir, porque eso habría sido un esfuerzo ímprobo del que no se sentía capaz, le respondió con negligencia al príncipe que juzgaba sinceras sus palabras y aceptaba el ofrecimiento que le hacía. Y sin otras formalidades ni requisitos quedó arreglado el matrimonio entre la indolente niña y el atrevido príncipe. Ni que decir tiene que la rueca de cristal se rompió en mil pedazos.

Mientras ocurría esto, Picarilla y Habladora, encerradas cada una de ellas en su alcoba, estaban llenas de inquietud. Sus cuartos se hallaban muy lejos uno de otro, y como cada una ignoraba la suerte de la otra, no conciliaron el sueño en toda la noche. Al día siguiente, el astuto e infame príncipe condujo a Perezosa a un aposento del piso bajo que daba sobre el jardín. La princesa le manifestó entonces el deseo que tenía de saber dónde se hallaban sus hermanas y le explicó el temor a que la reprendiesen por su boda.

Cauteloso respondió que él se encargaba de que la aprobasen y después de haberla encerrado sin que ella fuera consciente del hecho, se puso a buscar a las otras princesas por todas las habitaciones del enorme castillo. Anduvo tiempo sin lograr encontrarlas, pero como Habladora no tenía con quién conversar, quiso satisfacer su maldito afán quejándose a gritos. El príncipe la oyó y, tras acercarse a la puerta del cuarto, consiguió verla por el ojo de la cerradura. Cauteloso le dirigió entonces la palabra y, como a Perezosa, le dijo que se había arriesgado a tan peligrosa empresa con el único propósito de ofrecerle su mano y su corazón. A renglón seguido, se deshizo en elogios a su belleza y su talento, y Habladora, que estaba muy pagada de sí misma, cometió la locura de creer lo que le decía y de responderle con toda una catarata de palabras, más amables y expresivas de lo conveniente en semejantes casos.

Las ansias de hablar de la princesa debían de rayar en la locura. Sólo de ese modo se explicaba que en un momento como aquél se entretuviera con tan imprudentes coloquios, y más aún si se tienen en cuenta su abatimiento y debilidad, pues no había comido en todo el día. Como nunca se ocupaba de otra cosa que no fuera mover la lengua, su pereza y su imprevisión se daban la mano. Siempre que necesitaba algo, recurría a Picarilla, quien, más laboriosa y previsora que sus apáticas e indolentes hermanas, tenía en su habitación una infinidad de mazapanes, tortas, pasteles y conservas de todas clases.

Carecía Habladora de tales provisiones y, acosada por el hambre, por el deseo de hablar y por las protestas que el príncipe le dirigía, abrió al fin. Entró el príncipe y representó a las mil maravillas el papel que se había propuesto desempeñar.

En seguida salieron juntos de la habitación y se dirigieron a la despensa del castillo, donde encontraron toda clase de provisiones. La princesa empezó a manifestar alguna inquietud respecto a sus hermanas, pero no tardó en convencerse, no sé con qué fundamento, de que estaban encerradas en el cuarto de Picarilla y de que allí no les faltaría nada. Cauteloso se esforzó cuanto pudo por hacérselo creer, y le dijo que por la noche irían a buscarlas, pero ella no estuvo de acuerdo y respondió que las llamarían en cuanto se hubiesen tomado un refrigerio.

El príncipe y la princesa comieron en la mejor armonía. Una vez hubieron acabado, Cauteloso comenzó a exagerar la violencia de su pasión y las ventajas que la princesa encontraría al casarse con él. Le dijo —como le había dicho la víspera a la pobre Perezosa— que debía aceptarlo por esposo inmediatamente, porque si sus hermanas se enteraban harían todo lo posible por impedirlo. Al ser él uno de los príncipes más poderosos de la tierra, era más que probable que la mayor se considerase merecedora de tan ventajoso partido y tratase de impedir una unión que había de hacerlo tan dichoso. Tras unas réplicas tan largas como vacías de sentido, Habladora cedió al fin, y fue tan imprudente como su hermana. Es decir, aceptó al príncipe por esposo sin otras formalidades que una falaz palabra. Sólo se acordó de la virtud de la rueca de cristal cuando ésta quedó hecha pedazos.

Llegada la noche, Habladora volvió a su habitación con el príncipe, y lo primero que vio fue la rueca de cristal rota en mil pedazos. Se mostró turbada en presencia de tal espectáculo, y el príncipe le preguntó la causa de su disgusto. Como, en su afán de hablar, un secreto para ella era un peso irresistible, le contó a Cauteloso el misterio de las ruecas. El príncipe experimentó un diabólico placer al enterarse de que el rey tendría una prueba irrefutable de la mala conducta de sus hijas.

Habladora temía, no sin razón, que sus hermanas la reprendiesen. Cauteloso se ofreció a buscarlas y aseguró que se las arreglaría para convencerlas. La pobre princesa, que no había dormido en toda la noche, se quedó un poco aletargada. El traidor aprovechó este sueño y la encerró con llave, como había hecho con Perezosa.

Recorrió luego las habitaciones del castillo. Todas estaban abiertas menos una, cuya puerta resistió a sus esfuerzos. No había duda: aquélla era la habitación de Picarilla. Se acercó Cauteloso a la cerradura y pronunció por tercera vez el mismo pomposo discurso. Picarilla no se dejaba engañar como sus hermanas y lo escuchó sin responderle. Al ver que el príncipe no cejaba en su empeño, comprendió que nada conseguiría con su silencio. Como era imposible disuadirlo de que aquélla no era su habitación, le dijo que sólo creería en su ternura y sinceridad si bajaba al jardín, cerraba la puerta tras él y se conformaba con escuchar lo que ella tuviera que decirle desde la ventana.

Cauteloso no quiso aceptar y, exasperado por la obstinación de Picarilla en no querer abrir, buscó un madero e hizo saltar de un golpe la cerradura de la puerta. Cuando entró en el cuarto halló a la princesa armada con un gran martillo que, por casualidad, habían olvidado allí. La emoción y la cólera animaban el hermoso rostro de la joven y realzaban su natural belleza a los ojos del seductor. Cauteloso quiso arrojarse a sus pies, pero ella lo rechazó en estos términos:

—¡Príncipe, si os acercáis a mí, os abro la cabeza de un martillazo!

—Pero ¿qué decís, hermosa princesa? —exclamó Cauteloso, con hipócrita y melosa entonación—. ¿Con esa muestra cruel de odio pagáis el amor que me inspiráis?

Y en seguida volvió a alabar la violencia de la pasión que le había inspirado la fama de la belleza y del maravilloso talento de Picarilla. Añadió que se había disfrazado para ofrecerle, con todo el respeto debido, su mano y su corazón, y que debía perdonarle su osadía y el haber quebrado la puerta, pues era un sentimiento violentísimo el que lo animaba.

Como de costumbre, concluyó su perorata tratando de convencerla de que debía tomarlo por esposo. Le aseguró que no sabía dónde se hallaban sus hermanas, porque sólo a ella había buscado con afán desde que entró en el castillo. La sagaz princesa fingió creerlo y consentir en lo que le proponía, pero le manifestó que era necesario buscar ante todo a Perezosa y Habladora, para que después tomaran todos juntos las medidas conducentes al cumplimiento de sus deseos. Cauteloso respondió que de ningún modo había que buscarlas antes de realizado el matrimonio, porque las princesas pretextarían que tenían más derecho que ellas por su edad.

Esta respuesta aumentó las sospechas que el pérfido príncipe le inspiraba a Picarilla. La pobre tembló por la suerte de sus hermanas y juró vengarlas y evitar al mismo tiempo que le ocurriese la desventura de que, no sin razón, las suponía víctimas. Le aseguró entonces a Cauteloso que consentía en casarse con él, pero que abrigaba la convicción de que todos los matrimonios realizados de noche eran infelices, por lo que le suplicaba que aplazase la ceremonia para el día. Le aseguró también que no les diría nada a sus hermanas. Luego le rogó que la dejase sola un momento para rezar, y por último le prometió que lo conduciría a una habitación donde encontraría una buena cama. Al amanecer podría subir a verla para seguir juntos el resto del día.

Cauteloso, que era cualquier cosa menos valiente, reparó en que Picarilla no abandonaba el martillo —y lo blandía a pesar de su tamaño como si fuese un ligero abanico—, por lo que accedió al fin a los deseos de la princesa y se retiró para dejarle tiempo de meditar. En cuanto hubo salido de la habitación, Picarilla corrió presurosa a disponer una cama sobre la boca de

un desagüe sumamente profundo y espacioso, adonde iban a parar todas las inmundicias del castillo. La princesa colocó sobre el agujero un par de palos poco resistentes, y encima puso el colchón con sábanas muy limpias y perfumadas. Subió en seguida a su cuarto, y cuando entró Cauteloso lo condujo al sitio en que acababa de preparar la cama, y se despidió de él hasta el amanecer.

El príncipe se arrojó sin desnudarse en el lecho tan artificiosamente preparado, y rotos, con el peso de su cuerpo, los frágiles travesaños en que descansaba el colchón, fue a parar, sin poder evitarlo, al fondo del desagüe. El ruido que el príncipe hizo al caer avisó a Picarilla, cuya habitación se hallaba cerca, de que su idea había llegado a buen puerto. Es imposible expresar el inmenso placer que experimentó al oírlo revolcarse y maldecir en el fondo de la cloaca. El castigo era tan merecido que legitimaba la alegría de la princesa.

El placer de su triunfo no le impidió pensar en sus pobres hermanas, y se dispuso a buscarlas. A Habladora la encontró en seguida, porque Cauteloso, después de haberla encerrado, no tuvo la precaución de retirar la llave de la cerradura. Picarilla entró a toda prisa, y debido al ruido que hizo se despertó la infeliz, sobresaltada y confusa, al verla delante. Picarilla le refirió cuanto acababa de sucederle con el infame príncipe.

Estas noticias produjeron en Habladora un doloroso efecto. Se había tomado en serio la ridícula comedia representada por Cauteloso. Aunque parezca mentira, el mundo está lleno de inocentes como ella.

Disimuló el exceso de su dolor y salió de su cuarto con Picarilla para ir en busca de Perezosa. Recorrieron uno por uno los aposentos del castillo, sin encontrarla. Entonces se le ocurrió a la sagaz princesa que tal vez estuviera en las habitaciones que daban al jardín. En efecto, allí la encontraron, medio muerta de hambre y de desesperación. Le prestaron los auxilios que reclamaba su crítico estado. Después de sincerarse con Habladora y Perezosa, lo que las hizo apenarse por el relato, decidieron descansar un rato de tantas y tan agudas emociones.

Como es de suponer, Cauteloso pasó mala noche. La llegada del nuevo día no mejoró en nada su posición. Se hallaba en las profundidades de una fétida caverna, cuyos horrores no podía apreciar por falta de luz. La salida era poco menos que imposible. A fuerza de andar de un lado a otro, con la energía de la desesperación, encontró, por fin, la salida del desagüe, que daba sobre un río situado bastante lejos del castillo, y comenzó a gritar desesperado. Lo oyeron unos pescadores, que lo sacaron del agua en un estado tan lastimoso que conmovía verlo.

Hizo que le trasladaran a la corte del rey, su padre, donde, tras mucho tiempo y exquisitos cuidados, se curó del susto y de las contusiones. Aquella aventura le inspiró un odio tan intenso contra Picarilla que sólo pensaba en una pronta recuperación para vengarse de tamaña ofensa.

Mientras tanto, la virtuosa princesa, para quien el buen nombre y la gloria de su familia eran prendas más caras que su propia existencia, pasaba ratos amarguísimos. La vergonzosa debilidad de sus hermanas le causaba pena y desesperación profundas. Pero aún debía recibir un nuevo y rudo golpe: la salud de Habladora y Perezosa empezó a alterarse de resultas de su unión con el indigno príncipe.

Lo ocurrido en la torre aumentó la natural infamia y las detestables inclinaciones de Cauteloso. Ni el recuerdo del desagüe ni el de las magulladuras recibidas le causaban tanta rabia como el de haber encontrado una persona más astuta que él. Preveía las consecuencias de sus dos casamientos, e hizo que llevasen bajo las ventanas del castillo grandes cajones con hermosos árboles cargados de fruta. Perezosa y Habladora vieron aquellos manjares y, ansiosas por comerlos, atosigaron una y otra vez a su hermana para que bajase con la canastilla. Insistieron tanto que, al fin, se decidió a complacerlas. Descendió hasta la copa de los árboles, y poco después las dos princesas devoraban con avidez aquellas exquisitas y sabrosas frutas.

Al día siguiente aparecieron nuevas cajas con árboles de otra especie. Las princesas volvieron a experimentar el mismo antojo, y Picarilla volvió a bajar. Pero los emisarios de Cauteloso, que el primer día habían errado el golpe, salieron a toda prisa del escondite y se apoderaron de la princesa.

Sus pobres hermanas se mesaban los cabellos con desesperación. Los esbirros del infame príncipe condujeron a Picarilla a una casa de campo en la que Cauteloso convalecía. Cuando la vio entrar, no pudo contener su feroz alegría, y le dirigió brutales insultos, a los que ella respondió con una entereza de alma digna de una heroína. Después de haberla tenido prisionera durante algunos días, ordenó que la llevasen a la cumbre de una elevada montaña, adonde fue él mismo en cuanto los esbirros hubieron ejecutado sus órdenes. Una vez allí, le anunció a Picarilla que iban a matarla de una manera que le compensase con creces la caída en el desagüe.

El pérfido príncipe le enseñó un tonel cuyo interior estaba tachonado de puntas de acero y clavos retorcidos, y añadió que, para castigarla como merecía, la meterían dentro y la echarían a rodar montaña abajo. Picarilla, aunque no era romana, permaneció tan impasible a la vista de aquel artilugio de suplicio como lo estuvo Régulo en presencia de una tortura semejante. Su valor y sangre fría no decayeron ni por un momento.

En vez de admirar su carácter heroico, sintió Cauteloso redoblar su rabia. Sólo pensaba en apresurar la muerte de la víctima. A tal fin se inclinó al borde del tonel preparado para su venganza, para examinar si las paredes estaban bien guarnecidas de instrumentos de tortura. Picarilla aprovechó el instante en que su perseguidor parecía absorto en su contemplación diabólica y con la rapidez del rayo lo precipitó dentro, lo echó a rodar por la vertiente de la montaña, sin que el príncipe tuviera tiempo de resistirse, y huyó a toda prisa. Los compinches de Cauteloso, que habían contemplado con disgusto y repugnancia la manera bárbara y cruel en que su amo quería tratar a la hermosa y amable joven, se negaron a perseguirla. Además, estaban tan aterrorizados por el accidente ocurrido al príncipe que a todos les faltó tiempo para arrojarse a detener la mortífera cuba, pero sus esfuerzos fueron inútiles. El tonel no paró hasta llegar al valle, y allí sacaron al príncipe cubierto de sangre y hecho una verdadera llaga de pies a cabeza.

La desgracia ocurrida a Cauteloso les causó honda preocupación al rey Muy Benigno y al príncipe Perfectísimo. En cuanto al pueblo, lejos de sentirlo, se alegró, porque todos aborrecían a Cauteloso: nadie comprendía cómo su joven hermano, cuyos sentimientos eran tan nobles, podía vivir con él y amarlo. Pero el carácter de Perfectísimo era excesivamente bueno, y esta bondad natural lo obligaba a querer con la mayor ternura a todos los miembros de su familia. Además, el astuto Cauteloso se había esforzado siempre por manifestarle gran afecto. Así pues, el magnánimo príncipe no podía sino corresponder a ese cariño que parecía sincero. Perfectísimo experimentó un dolor inmenso al tener noticias de las heridas que había recibido su hermano, y se desveló por asistirlo con el mismo afán con que lo habría hecho una madre cariñosa, pero, a pesar de sus tiernos cuidados, las heridas de Cauteloso se enconaban cada vez más y le producían atroces sufrimientos.

En cuanto Picarilla se vio libre, se apresuró a volver junto a sus hermanas. No pasó mucho tiempo sin que apareciesen nuevas preocupaciones para la joven. Las dos princesas dieron a luz sendos niños. Juzgue el lector cuál no sería el apuro de la pobre Picarilla en tan críticas circunstancias. Sacó, sin embargo, fuerzas de flaqueza, y el deseo de ocultar la deshonra de sus hermanas la decidió a arrostrar nuevos peligros. A fin de que el plan que había imaginado tuviese buen éxito, adoptó cuantas medidas puede inspirar la más exquisita prudencia: se disfrazó de hombre, encerró a los dos niños en sendas cajas, en cuyas tapaderas hizo algunos agujeros para que pudiesen respirar, colocó las cajas sobre un caballo —confundidas con otras de la misma forma— y, provista de este equipaje, tomó el camino de la ciudad que servía de corte al rey Muy Benigno y en la cual se hallaba Cauteloso.

Cuando Picarilla entró en la población supo que la magnificencia con que el príncipe Perfectísimo retribuía los servicios médicos que se aplicaban a su hermano había atraído hacia la corte a casi todos los charlatanes de Europa, que no eran pocos; pues en la época de nuestra historia había gran cantidad de aventureros, sin oficio ni beneficio, que se hacían pasar por hombres sabios y aseguraban ser capaces de curar todas las enfermedades. Aquella empírica multitud, cuya única ciencia consistía en engañar al prójimo con el mayor descaro, encontraba siempre, gracias a su extraordinaria gravedad y a lo exótico de los nombres de sus individuos, crédulos que confiasen en sus mentiras. Semejante clase de médicos no permanecen nunca en el lugar donde vieron la luz, sino que emigran a países lejanos, con lo que adquieren la cualidad de ser extranjeros, que es para el vulgo una eficaz recomendación.

Informada de todo esto, la ingeniosa princesa se hizo llamar Sanatio, y le anunció por todos los medios a la población que acababa de llegar con maravillosos y eficacísimos secretos para curar las heridas más peligrosas y enconadas. Bastaba con eso para que Perfectísimo enviase a buscar al pretendido galeno. Picarilla acudió al llamamiento y, gesticulando con gravedad y pronunciando algunas palabras de oscuros significados, desempeñó a las mil maravillas el papel de médico empírico. A la princesa le sorprendieron para bien el simpático rostro y los finos modales del príncipe Perfectísimo.

Después de conversar con él durante un buen rato acerca de las heridas de Cauteloso, le dijo que había olvidado en su domicilio una botella de agua cuyos efectos salutíferos no tenían parangón, y que iba a buscarla. Se fue, pero dejó allí las cajas que ya conocemos, asegurando que contenían excelentes bálsamos para curar heridas.

Ni que decir tiene que el falso médico no volvió a aparecer. Impacientes por su tardanza, se disponían a buscarlo cuando resonaron débiles gritos de bebé en la habitación de Cauteloso. Pronto averiguaron que los gritos salían de las misteriosas cajas.

Los que así gritaban eran los sobrinos de Picarilla. La sagaz princesa había hecho que los alimentasen bien antes de llevarlos a palacio, pero con el tiempo los pobrecitos sintieron hambre y manifestaron la necesidad de su estómago con gritos lastimeros. Una vez abiertas las cajas, todos los allí presentes quedaron sorprendidos. Cauteloso comprendió que el regalo venía de la sagaz Picarilla, y fue tal su rabia que se agravó el estado de sus heridas, y ya no hubo ninguna esperanza de salvarlo.

El pesar de Perfectísimo creció de punto. Cauteloso, pérfido aún a las puertas de la muerte, quiso abusar de su ternura y de su dolor.

—Príncipe —le dijo—, si no hubiera tenido durante mi vida mil pruebas de tu amistad, me bastaría el sentimiento que te causa mi pérdida para creer en tu cariño. Voy a morir, hermano mío, y como último testimonio de tu buen afecto, prométeme que no me negarás lo que voy a pedirte.

Incapaz el buen príncipe de negarle nada a su hermano, le prometió, bajo la fe de los más terribles juramentos, concederle cuanto le pidiese. Cauteloso, después de abrazarlo con ternura, respondió:

—¡Gracias, hermano mío! Al fin muero con el consuelo de que seré vengado. La súplica que tengo que hacerte es que, en cuanto yo muera, pidas en matrimonio a Picarilla. Y cuando esta maligna princesa esté en tu poder, ¡húndele un puñal en el pecho!

Perfectísimo se estremeció de horror al oír estas palabras y se arrepintió de haber hecho un juramento tan imprudente. Pero ya era tarde para revocarlo, y disimuló su pena. Cauteloso expiró al cabo de pocos minutos.

Es imposible explicar el dolor del rey Muy Benigno. Baste decir que fue tan grande como la alegría del pueblo al ver que la muerte del indigno príncipe dejaba como heredero de la corona a Perfectísimo, cuyas excelentes cualidades apreciaba todo el mundo.

A Picarilla, que se había reunido con sus hermanas, le llegaron las noticias de la muerte de Cauteloso. Al poco tiempo se les anunció a las princesas el regreso del rey, su padre. Lo primero que hizo al entrar en su reino fue pedirles a sus hijas las ruecas de cristal. Perezosa fue a buscar la de Picarilla y se la enseñó al rey; después hizo una profunda reverencia y volvió a colocarla en su sitio. Habladora siguió el ejemplo de su hermana, y Picarilla llevó, por último, su auténtica rueca. Pero el rey, que era un poco desconfiado, no se dio por satisfecho y quiso ver las tres ruecas juntas. ¡Ahí comenzaron los problemas! ¡Sólo Picarilla pudo enseñar la suya!

La conducta de sus dos hijas mayores le inspiró al rey tal furor que las mandó de inmediato a la casa del hada que había hecho las ruecas y le suplicó que las castigase del modo que merecían.

El hada las condujo a una galería de su palacio encantado. En ella estaban colocados los retratos de un sinnúmero de mujeres ilustres que habían adquirido gran celebridad por sus virtudes y por su vida laboriosa.

Por un maravilloso ardid mágico, todas aquellas figuras estaban dotadas de movimiento y estaban en acción desde la mañana hasta la noche.

Se veían por doquier divisas y trofeos dedicados a la gloria de aquellas virtuosas mujeres. Las dos hermanas se mortificaron al comparar los triunfos de tales heroínas con la despreciable situación a que las había reducido su imprudencia. Para colmo de males, el hada les dijo en tono severo que, si desde la infancia se hubieran ocupado siempre en las labores que desempeñaban las heroínas de los cuadros, no habrían tenido que lamentar nunca vergonzosos deslices.

—La ociosidad —añadió la maga— es la madre de todos los vicios. Para que no volváis a faltar y recuperéis el tiempo perdido, voy a daros la ocupación que merecéis.

Desde aquel día obligó a las princesas a que desempeñasen los más rudos trabajos: recolectar legumbres, arrancar malas hierbas y cavar la tierra con un enorme azadón. Perezosa no pudo resistir la tristeza que le causaba ese género de vida tan contrario a sus inclinaciones, y murió de desesperación y de cansancio. Habladora, después de haberse escapado una noche del palacio de la maga, se abrió la cabeza contra un árbol, y de resultas de la herida murió entre los brazos de unos campesinos.

La desgraciada suerte de sus hermanas causó a Picarilla mucha pesadumbre: las quería de corazón. Para colmo de males, supo que Perfectísimo había pedido su mano y que el rey se la había concedido sin consultarla. En aquellos tiempos, la voluntad de las personas interesadas apenas contaba en el arreglo de las bodas. Picarilla se estremeció: temía, no sin fundamento, que Cauteloso le hubiese transmitido al corazón de su hermano el odio que le profesaba. Pronto supo que no se había equivocado, que el joven príncipe quería casarse con ella para sacrificarla. Llena de inquietud, fue a consultar a la maga.

Ésta no quiso revelarle secreto alguno a la princesa, así que se limitó a decirle:

—La prudencia y el buen juicio que han sido siempre normas de vuestra conducta os han hecho practicar escrupulosamente la máxima de «La desconfianza es madre de la seguridad». Seguid observándola como hasta ahora y conseguiréis ser dichosa sin el auxilio de mis artes.

Sin poder sacar nada más en limpio, Picarilla volvió a palacio llena de mortal zozobra.

Unos días después, un embajador del rey Muy Benigno se casó con la princesa, en nombre del hermano de Cauteloso, y la condujo en seguida, en una carroza magnífica, al palacio de su esposo. Celebraron, para recibirla, grandes fiestas en las dos primeras ciudades por las que debía pasar, y a la tercera jornada encontró a Perfectísimo, que había salido a recibirla por orden de su padre. A todo el mundo, incluso al rey, le sorprendió mucho la profunda tristeza del joven príncipe al acercarse el día del casamiento que tanto había deseado.

La belleza de Picarilla impresionó vivamente el ánimo de Perfectísimo, que se deshizo en cumplidos con la joven esposa, pero con tal frialdad y torpeza que los personajes de la corte, conocedores de la inteligencia y el ingenio del príncipe, quedaron atónitos y supusieron, al ver la cortedad de su futuro soberano, que el amor le había hecho perder su natural donaire. Entusiastas aclamaciones y gritos de alegría resonaron aquel día en la ciudad; los conciertos y los fuegos artificiales duraron hasta muy entrada la noche. Después de un magnífico banquete, condujeron a los esposos a sus respectivas habitaciones.

Acordándose de la máxima que le había recomendado la maga, Picarilla concibió un plan, que puso en seguida en práctica. La princesa sedujo, con halagos y dádivas, a la doncella que tenía la llave de su aposento, y con su ayuda se proporcionó cierta cantidad de paja, una vejiga llena de sangre de carnero y las tripas de algunos animales que habían matado para la cena. Entró con todos estos adminículos en un gabinete contiguo a su alcoba, y allí arregló un pelele relleno de paja, dentro del cual puso la vejiga y las tripas con la sangre del carnero. En seguida vistió la figura de mujer y le colocó en la cabeza una papelina de encajes como las que usan las señoras para dormir. Concluida la operación, continuó el resto del día como si nada la preocupase. Cuando, concluido el banquete, volvió a su habitación, aguardó a que la doncella terminara de desnudarla, y en cuanto estuvo a solas metió el pelele en la cama.

El príncipe entró en la habitación de su esposa, y después de respirar hondo, como quien hace un esfuerzo ímprobo para tomar una decisión, desenvainó su espada y atravesó con ella de parte a parte el cuerpo que creía de Picarilla. La sangre manó a borbotones.

—¡Dios santo! —exclamó Perfectísimo—. ¿Qué es lo que he hecho? ¡Cómo, después de tan crueles angustias y de tan encarnizada lucha, he cumplido mi terrible juramento, manchando mis manos con un crimen!

¡Sí, he dado muerte a la más encantadora de las princesas, a la mujer cuyas gracias me hechizaron desde el instante en que la vi, al ángel que habría colmado mi vida de felicidad! ¡Y, sin embargo, no he tenido fuerzas para sustraerme al juramento que mi hermano, poseído por el furor, obtuvo de mí por medio de una indigna sorpresa! ¡Soy un monstruo, he castigado a una mujer por el delito de ser demasiado virtuosa! Cauteloso, si he satisfecho tu injusta venganza, también vengaré a Picarilla, dándome yo mismo la muerte. Es necesario, encantadora Princesa, que muera con la misma espada que sirvió para inmolarte.

Picarilla oyó que el príncipe buscaba por el suelo la espada que había dejado caer mientras daba rienda suelta a su dolor, y exclamó, saliendo de su escondite:

—¡Tranquilizaos, príncipe, que no estoy muerta! Conociendo vuestro buen corazón y adivinando vuestro arrepentimiento, os he evitado un crimen valiéndome de un inocente engaño.

Entonces le refirió Picarilla a Perfectísimo cuanto había hecho. El príncipe, lleno de alegría, abrazó a la princesa y le manifestó su más profunda gratitud por haberle evitado un crimen tan espantoso.

Si Picarilla no hubiese atendido a la consabida máxima que hace de la desconfianza la madre de la seguridad, habría muerto y su muerte habría ocasionado la de Perfectísimo. ¡Cuántas erróneas conjeturas se harían entonces sobre el carácter y sentimientos de aquel noble príncipe! ¡Loor eterno a la prudencia y serenidad de espíritu! Estas virtudes salvaron a los jóvenes esposos, y desde las puertas de la muerte los llevaron a un paraíso de amor y de ventura, donde vivieron largos años, felices como nunca lo fueron los príncipes de la tierra.